contents

내 첫사랑은
너무 부끄러워서
아무한테도
말 못 해

후시미 츠카사
일러스트/칸자키 히로

프롤로그

나는 야스미 치아키. 열다섯 살이며, 올해 봄부터 고등학생이
된다.

용모 수려, 학업 우수, 스포츠 만능, 부잣집에 태어났으며 끝
내주는 여자 형제까지 있다.

다들 부러워하는 『가진 자』.

그야말로 나무랄 데 없는, 겸손하게 말해 일본 제일의 남자.

그게 바로 나, 야스미 치아키다.

"아하하하하하하! 하~하하하핫!"

웃음소리마저 멋지다.

유일한 고민은 여자에게 전혀 인기가 없다는 점이다.

아무리 생각해 봐도 이유는 모르겠지만 말이다.

훗 뭐, 그럴 수도 있지.

인생에서 중요한 것 중 하나는 당황하지 않는 것이다.

꼴사납게 난리를 피우거나 냉정함을 잊고 우왕좌왕하지 말
아야 한다.

그렇기에 야스미 치아키는 이런 일로 당황하지 않는다— 그
렇다. **웬만한 일**이 벌어지지 않는 한, 말이다.

냉정하게, 긍정적으로, 웃으며 목표를 향해 나아간다.

중학교 졸업— 그리고 고등학교 입학.

환경의 커다란 변화는 절호의 기회일 것이다.

믿음직한 학생회장으로서 인망을 얻는 것만이 아니라, 고등

학교에서는 심기일전해서 여자애들에게 떠받들어지는 나날을 보내고 말겠다!

야스미 치아키의 이름을 걸고, **꿈**을 이루고 말겠다!

그렇게 맹세한 다음 날 아침의 일이다.

　　——눈을 떠보니, 여자가 되어 있었다.

"우와아아!"

세면장의 거울에, 신성함마저 감도는 미소녀가 비치고 있었다.

꼴사납게 절규를 지르는 표정마저도 아름답다.

"헉…… 헉…… 헉…… 헉……."

헐렁한 잠옷 밖으로 드러난 맨살은 새하얗고 매끈하며 요염했다.

이마에는 땀방울이 맺혔고 한쪽만 드러난 어깨가 들썩였다……. 거친 숨을 내쉬는 모습마저 가련했다.

평소의 야스미 치아키였다면 드디어 자신에게 걸맞은 첫사랑 상대가 나타났다며 환호성을 질렀을 것이다.

하지만 지금은 그럴 때가 아니었다.

결단코, 그럴 때가 아니다!

"말도 안 돼…… 말도 안 돼, 말도 안 돼, 말도 안 돼, 말도 안 돼……!!"

완전히 당황한 채 우왕좌왕하고 말았다.

여자가 되고 말았다.

그 사실을 눈치챈 순간, 눈앞이 시꺼멓게 변했다. 세상이 뒤집히는 듯한 충격을 받았다.

어젯밤에, 겨우 몇 시간 전에, 그런 맹세를 했는데…….

고등학교 생활의 목표, 장대한 꿈이라고 해도 과언이 아닌 내 계획이 무너져 내리고 말았다.

그뿐만 아니라—.

"아아아아…… **없어!** 없어, 없어, 없어!"

금방이라도 흘러내릴 듯한 바지 안으로 손을 집어넣어 본 나는 절망에 찬 말을 토했다.

"맙소사……."

눈물이 났다.

자기 몸에서, 한층 더 자신 있는 부위였다.

중학생 때 이미 20센티미터나 됐는데…….

앞으로의 성장이 매우 기대된다고, 일본 제일을 꿈꿀 수 있을지도 모른다며 항상 희망에 찬 눈길로 쳐다봤는데…….

"아아아……. 철저하게 단련한 한쪽 팔을 잃어버린 기분이야……."

흑…… 흐흑…… 하고 세면장에서 흐느꼈다.

한동안 그런 후 이윽고 고개를 들었다.

눈앞의 거울. 인간을 초월한 듯한 미모를 보고 울상을 지은 채 반쯤 타이르듯이—.

"으흑…… 훌쩍…… 이 몸답지 않게, 아주 약간…… 아주 약간 당황하고 말았어……. 하지만!"

말했다.

"살다 보면 그럴 수도 있잖아. 차분하게 긍정적으로 생각해 보자."

나는 누구보다 정신을 추스르는 게 빠르다고 자부한다.

여자가 되고 말았다.

되어버렸으니 어쩔 수 없다. 그럼, 이제부터 어떻게 할 것인가.

원인을 규명한다, 병원에 간다— 그런 현실적인 행동 지침을 머리 한편으로 생각했다.

그와 동시에 거울을 다시 쳐다봤다.

"흠…… 흠…… 훗…… 후후…… 후후후…….'

미소녀의 볼에 희미하게 홍조가 어렸다.

"후하, 하하, 하하하…….'

내가 웃자, 그녀도 웃었다. 낯설지만 아름다운 웃음소리와 친숙한 울림이 들려왔다.

"아하하하하하하하! 하~하하핫!"

좋아. 나쁘지 않은걸.

컨디션을 되찾았어.

새로운 이 몸도 괜찮은 것 같군.

아니, 이제 일인칭도 바꿔야겠지.

"오늘부터 **나**는 고등학생."

소소한 트러블이 발생하긴 했지만……

내 꿈은 변함없다.

귀여운 여자애에게, 떠받들어지는 나날을 보내고—.

"아무도 경험해 본 적 없는, 그런 엄청난 첫사랑을 하고 말 겠어!"

그렇게……..

나, 야스미 치아키는 고등학생이 된 첫날 아침에 상상을 초월하는 트러블에 직면했고, 또한 그것을 멋지게 극복해 나가고 있었다.

내가 생각해도 정말 대단하다는 생각밖에 안 들었다.

이렇게 멋진 나의 대활약을 그려나가기에 앞서, 우선—.

여동생에 대해 이야기하자.

야스미 카에데.

윤기 넘치는 검은 머리카락과 날카로운 용모, 긴 속눈썹과 은은히 감도는 색기.

속내를 드러내지 않는 미스터리어스한 분위기.

감히 올려다보지 못할 존재란 표현이 걸맞은 특급 미소녀다.

야스미 치아키와는 이란성 쌍둥이이며—.

"제 방에서, 나가 주세요."

오빠에게 매우 엄격하다.

나를 차갑기 그지없는 눈길로 쳐다본 카에데는 사무용 의자에 앉아서 늘씬한 발을 꼬았다.

이미 교복을 입고 있는 건 그녀가 아침에 일찍 일어나는 타입이며 오늘이 고등학교 입학식 당일이라서다.

늠름한 용모와 결벽적인 언동이 같은 또래 여자애에게 잘 **먹히는 것**인지, 중학생 때는 교내에 팬클럽까지 있었다고 한다.

그렇다— 여성이면서도 일본 제일의 남자인 야스미 치아키보다, 더 인기가 있었다.

아아, 정말 샘난다. 마음에 든다.

부럽다. 자랑스럽다.

후후후…… 내가 이런 감정을 품게 만드는 존재가 이 여동생 말고 있을까?

아니, 세상천지를 뒤져도 없을 것이다.

"안 들렸나요? 1초 안에 사라져 주세요."

어이쿠. 사랑하는 여동생이 재촉하는 만큼 짤막하게 상황을 설명하자.

여자가 되어버린 나, 야스미 치아키는 우선 가족에게 상황을 보고해야만 한다고 생각했다.

오늘 아침에 이 집에 있는 건 나와 카에데뿐이다.

자랑은 아니지만 여동생은 나에게 자기 연락처를 알려주지 않았다!

그래서 나는 어쩔 수 없이 저지르고 보잔 심정으로 여동생의 방으로 뛰어든 후 이렇게 말했다.

온 힘을 다해 귀여운 포즈를 취하면서….

『좋은 아침이야, 카에데! 봐! 이 오빠, 슈퍼 미소녀가 되어버렸어♡』

『그런가요. 지금 경황이 없으니까―.』

『―제 방에서, 나가 주세요.』

뭐, 이리하여 현재로 이어진 것이다.

설명 종료.

하지만, 뭐…….

사랑하는 오빠가 이런 초대형 사건을 가져왔는데 반응이 참 냉담했다.

게다가 그 점을 카에데답다고 여겼다.

인생에서 중요한 것 중 하나는 당황하지 않는 것이다.

그것이 야스미 치아키의 신조이며 카에데는 그것을 나보다 더 실천하고 있는 걸지도 모른다.

이 여동생이 동요하거나 차분함을 잃고 우왕좌왕하는 모습은 상상조차 할 수 없다.

그야말로 야스미 카에데는 **웬만한 일로**는 당황하지 않을 것이다.

"역시 내 여동생이야. 『자고 일어났더니 오빠가 언니가 된』 사태 정도로는, 당황하지도 않는구나."

오래간만에 놀란 표정을 볼 수 있을지도 모른다고 생각하며 기대했지만…….

유감스럽게도 기대는 어긋났다. 아무튼―.

"내 말을 바로 믿어줘서 다행이야. 솔직히 말하자면, 네가 경찰을 부르는 것도 각오했거든."

"이 정도로 남의 말을 안 듣는 어리석은 사람은, 흔하지 않으니까요."

카에데는 자리에 앉아서 땅이 꺼지도록 한숨을 내쉰 후, 다시 내 얼굴을 응시했다.

"역시…… 진짜로…… 야스미 씨군요."

여러분 들으셨나요?

피가 이어진 친오빠. 영혼의 절반이라고 할 수 있는 쌍둥이 오빠를 부르는 호칭이—.

야스미 씨!

너무 서먹서먹한 거 아니냐고!

끄으응…… 우리 남매가 어떤 관계인지 조금은 전해졌으려나!

정말 유감스럽기 그지없는 상황이다.

이 자리에서 선언해 두겠다.

여자에게 인기를 얻는 것이 나의 숭고하고 거대한 목표이며……!

—그 타깃 제1호는 바로 니다, 키에데!

—반드시 「정말 좋아해요, 언니♡」라고 말하며 아양 떨게 만들어 주마!

나는 그런 결의를 불태우면서 밝은 목소리로 대답했다.

"하하하. 진짜로 나 맞아. 끝내주지?"

"자초지종은 알겠어요. 정말 큰일 났군요. 그럼, 나가 주세요."

카에데는 얼음장 같은 눈길로 쳐다보며 빨리 나가라는 듯이 손을 내저었다.

"나가기 전에, 저기 있는 커다란 거울 좀 잠깐만 써도 될까? 초절정 미소녀가 된 나를 자세히 살펴보고 싶거든."

"……바보 아니에요?"

너무 신랄해서 위축될 수밖에 없었다. 그래도 어찌어찌 짤막하게 대꾸했다.

"어디가?"

"여러모로요. 전부 다요. 예를 들자면 일인칭이 바뀐 점이라든가요."

"그래. 나한테 어울리지?"

"어울리기는 하지만…… 갈등 같은 건…… 없나 보네요."

"전혀 없어. 이 일인칭이 자신한테 맞을 뿐만 아니라, 매력적이라고 생각하거든."

꽤 무거워진 가슴을 펴며 단언했다.

"**이 상태**가 계속 이어진다면, 말투도 좀 손볼 필요가 있겠군 — 있겠어…… 있겠어요. 있겠군, 요? 어때? 귀여워?"

내가 고개를 살짝 갸웃거리면서 그렇게 묻자 카에데는 인상을 한껏 찡그렸다.

"적응력이 뛰어난 건 좋지만……."

카에데는 방에서 나를 쫓아내는 것을 보류하더니 잠시 나와 이야기를 나누기로 마음먹은 것 같았다.

"어쩔 작정이죠?"

단적인 질문이었다. 그래서 단적으로 본심을 털어놨다.

"훗, 걱정하지 마. 어떻게든 될 거야."

"야스미 씨."

최근 몇 년 동안, 때때로 카에데가 엄청난 미남처럼 보일 때가 있었다.

지금도 그렇다. 소녀들이 줄지어 졸도하고 말 듯한 아름다운 목소리로 카에데는 속삭였다.

"저는 당신의 그런 면을 싫어해요."

"나는 카에데의 그런 면을 좋아해."

"……하아."

카에데는 한 번 더 땅이 꺼지도록 한숨을 내쉬었다. 그리고 방구석에 있는 커다란 거울을 손가락으로 가리켰다.

"마음껏 쓰세요."

"고마워."

나는 사양하지 않고 거울 앞으로 향했다.

그리고 눈부신 자기 외모를 살핀 후 다시 생각했다.

"하아……. 장난 아닌걸. 설마 여자애가 된 내가 이렇게 미소녀일 줄은…….."

거대한 것을 잃고 말았지만 그에 버금갈 만큼 가치 있는 것을 얻었을지도 모른다.

자랑스러운 마음에 사로잡힌 내 등 뒤에서 낮고 무시무시한 목소리가 들려왔다.

"……뭐 하는 건가요?"

"거울 앞에서 자기 가슴을 주무르고 있어."

"최악이네요. 그릇된 변태 행위를 타인에게 보여주는 건가요?"

말로 비난하고 있을 뿐인데 등이 상처투성이가 됐다.

여전히 결벽증이 심한 애야.

"하지만…… 어렴풋이 눈치채고 있긴 했는데…… 예상대로의 검증 결과인걸."

"무슨 소리죠?"

"지금의 나는 보다시피 엄청 귀엽잖아? 어제까지의 『이 몸』이었다면, 확 반해버렸을 정도야."

"……하아, 그런가요."

"그런데 이렇게 헐렁헐렁한 잠옷만 걸친 **조신하지 못한 모습**을 봐도, 가슴을 주물러도, 그다지 즐겁지 않아. 평소에 거울을 볼 때 느끼는 감정과 별반 다르지 않네. 성적인 흥분이 전혀 느껴지지 않는다고."

"그런가요."

카에데의 목소리는 낮았고, 분노가 감돌고 있었다.

나는 그런 그녀에게 등을 보이며 선 채 계속 중얼거렸다.

"이게 여자가 된 영향인지…… 아니면 자기 자신이라 여겨서 그런지…… 혹은…… 끄응…… 역시 그걸 잃어버린 탓일까……."

"그거라뇨?"

"거시기 말이야."

"윽?!"

휙! 하고 쏜살같이 자기 치마를 손으로 누르는 카에데의 모습이 거울 너머로 보였다.

그녀의 얼굴을 보니 귀 끝까지 새빨개져 있었다.

우리가 어릴 적에는 꽤 자주 본 표정이다.

그리고 성장한 후로는 전혀 보지 못했던 표정이다.

평소에는 카에데의 설벽증을 약간이라도 자극한 순간, 그녀가 실력 행사로 내 입을 다물게 했다.

하지만 오늘은 그러지 않았다. 말없이 발차기를 날리지도 않았다.

어째서일까? ……내가 지금 여자라서일까?

"지금 모습으로…… 파렴치한 말을 하지 마세요."

카에데는 얼굴을 새빨갛게 붉힌 채, 항의했다.

항의만— 했다.

생각해 보니…… 카에데는 오늘 아침에 나한테 무른 것 같다.

아까부터 쭉 의자에 앉아서 꼼짝도 하지 않는 것도 이상했다.

함부로 일어설 수 없는 이유가 있는 것일까?

아까 카에데가 말한 『경황이 없으니까』는 어떤 의미일까?

그것보다 얘는 혹시…… 여자애에게 상냥한 거 아냐?

신경쓰이는 항목이 연이어 뇌리를 스쳤다.

"하아, 정말."

카에데는 언짢은 목소리로 그렇게 중얼거리더니 내 머리에 천으로 된 무언가가 씌워졌다.

손으로 잡았는데 그것은 트레이닝복이었다. 카에데가 실내복으로 자주 입던 것이다.

"그것을 입으세요. 아무리 내용물이 최악의 바보천치라도…… 한창나이의 여성이 그런 옷차림으로 있게 둘 수는 없어요."

화가 날 정도로 멋지다.

여성 취급을 받고 비로소, 여동생이 인기 있는 이유를 알 것 같았다.

"……고마워, 카에데."

얼굴 전체가 화끈거렸다. 처음 느껴보는 감각이었다. 나는 그 기묘한 열기를 얼버무리려는 듯이―.

"그럼…… 잘 입을게."

나는 헐렁한 잠옷을 벗어 던졌다.

그 순간―.

"어……."

놀라운 사태가 발생했다.

"왜왜왜, 왜 여기서 벗는 거죠?!"

다름 아닌 카에데가 언성을 높이며 당황한 것이다.

"왜, 왜냐니……."

나는 너무 충격을 받은 나머지, 얼이 나가고 말았다.

"……옷을 갈아입기 위해서?"

"자기 방에서 갈아입으세요……!"

"미소녀가 된 자신의 알몸을, 커다란 거울로 차분히 관찰하고 싶거든."

"벼, 변태!"

벌떡 일어선 카에데가 쿨하면서 늠름한 이미지를 전부 내던 져버리는 기세로…….

"나가세요! 지금 바로 제 눈앞에서 사라져 주세요!"

울먹거리면서 나를 방문 쪽으로 밀어냈다.

카에데에게 이럴 수밖에 없는 심각한 사정이 있는 것처럼 말이다.

"아, 아니, 잠깐만······!"

나는 당혹스러워하면서 그대로 밀려났—.

""앗.""

한눈에—.

우리는 전부 깨달았다.

나도, 카에데도, 같은 것을 보고 있었다.

"앗······ 앗······ 아아············."

카에데의 아름다운 얼굴이 수치심으로 물들었다.

분명 나 또한 같은 얼굴로, 같은 목소리를 내고 있을 것이다.

"······으······ 으······ 으으으············."

시선이 향한 곳은 교복 차림의 카에데.

여동생의 치마, 그 앞부분이······.

한 번도 본 적이 없을 만큼 용솟음치듯 솟아올라 있었다.

나는 한순간, 히익, 하고 숨을 삼킨 후—.

""우와아아아아아아아아아아아아아아아
아아아아아아아아아아아아아아아아아아아
아아아아아아아아아아아아아아아아아아아
아아아아아아아아아아아아아아!""

카에데와 함께 절규를 토하고 말았다.

우리에게 있어 **웬만하지 않은 일**이 이어지는 나날.
그것이 시작됐다.

절규를 지른 후, 방 안에는 다시 정적이 감돌았다.

"⋯⋯⋯⋯."

"⋯⋯⋯⋯."

나는 벽에 등을 맡긴 채 그대로 굳어 있었다.

술에 취한 것처럼 얼굴을 새빨갛게 붉힌 카에데는 치마 앞을 손으로 누르며 몸을 앞으로 숙이더니, 울먹거리며 나를 노려봤다.

"⋯⋯이익⋯⋯ 이익⋯⋯."

그야말로 고양이다. 화나서 쫑긋 선 꼬리가 보이는 것만 같았다.

상황을 생각하면 무리도 아니지만⋯⋯ 나 또한 완전히 혼란에 빠져 있었다.

"마, 맙소사⋯⋯. 말도 안 돼⋯⋯. 어, 어떻게 이런 일이⋯⋯."

인생 최대급으로 당황한 가운데, 내 뇌리에 새겨진 충격 영상을 떠올렸다.

여동생에게 그것이 달렸고 치마 앞부분이 힘차게 솟아올랐다.

그것만이라면 이렇게 당황하지는 않았으리라.

"큭⋯⋯ 끄⋯⋯으⋯⋯ 끄으으윽~!!"

천 너머로도 알 수 있다.

혼란에 빠진 와중에도 시력이 2.0이나 되는 내 두 눈은 놓치지 않고 측정했다.

─18센티미터, 19센티미터…… 아, 아냐…….

"기, 길이…… 이, 20센티미터 이상……?"

내 얼굴에 베개가 명중했다.

"윽…… ㅇㅇ…… ㅇㅇㅇ~~~~~~~~~!"

"젠장…… 울고 싶은 건 나라고!"

나는 욱신거리는 코를 감싸 쥐며 고함을 질렀다.

『누구한테도 지지 않는다』고 믿어 의심치 않았는데…….

으아아~!! 하필이면 여동생한테 지다니……!

이게 말이 돼?!

"하아…… 하아…….."

고결한 긍지가 산산이 박살 나는 느낌이 들었다.

이것만은 같은 체험을 한 사람이 아니면 이해 못 할 감각일

것이다.

분하다 못해 안타깝고 허무한 느낌이 내 뇌에 바람구멍을 만

들었다.

"윽…… 으흑…… ㅇㅇ…………."

서로의 한심한 울음소리만이 한동안 이어지더니─.

기나긴 침묵 끝에─.

"그러니까…… 너도……냐."

"……그렇게…… 된, 거예요."

더듬더듬, 대화를 나눴다.

여전히 혼란에서 벗어나지는 못했다.

그래도 서로가 진정한 것처럼 보일 정도로는 정신이 회복된 것 같았다.

카에데는 말했다.

"아침에, 일어나보니…… **이렇게**, 되어 있었어요."

나는 극도의 수치심에 물들어 있을 카에데의 얼굴을 가능한 한 쳐다보지 않기 위해 시선을 돌렸다.

"……으으…… 이제……."

내 볼에, 애처로운 목소리가 닿았다.

"…………어쩌지."

분명 그것은 나에게 기대고 싶은 마음에 한 말이 아닐 것이다.

궁지에 처한 상황에서 자기 자신을 향해 한 말처럼 들렸다.

하지만 일부러 이렇게 해석했다.

도움을 청하는 여동생의 목소리라고 말이다.

그렇다면—.

"하~하하핫!"

웃으며 거기에 부응해 주도록 할까.

"걱정하지 마! 이 정도 궁지에 허둥댈 필요는 없어— 너한테는 내가 있잖아!"

"…………."

카에데는 입을 다문 채 고개를 들었다. 눈물에 젖은 눈동자가, 내 눈을 똑바로 응시했다.

"……말했을 텐데요. 당신의 그런 면을 싫어한다고요."

"호오~ 푸념을 늘어놓을 기운은 있나 보네."

"아무 근거 없는 자신감에 차서 우쭐대는 바보천치를 보니, 분노가 끓어올랐을 뿐이에요."

"근거가 없어? 너, 웬일로 머리가 잘 돌아가지 않나 보네?"

"네? 이런 절망적인 상황에서 대체 뭘 할 수……."

나는 검지를 좌우로 까딱거렸다.

"우리에게는 이럴 때 아니, 그 어떤 때라도 의지할 수 있는 아군이 있잖아."

정신이 퍼뜩 든 카에데에게, 나는 허세를 부리듯 힘찬 목소리로 말했다.

"우리의 방침을 발표하겠어!! 지금 바로 누나와 상의하자!"

"…………."

카에데는 한참 침묵에 잠긴 후…….

"저기…… 저희를 이렇게 만든 게…… 바로 그 사람 아닐까요?"

이 사태의 본질을 찌르는 태클을 날렸다.

우리가 사는 마을은 사이타마 현의 남쪽에 있다.

단풍나무 가로수길이 유명해서 매년 가을이 되면 멋진 단풍을 볼 수 있다.

단풍과 저녁노을의 마을.

우리 **남매**의 이름도 그런 절경에서 따온 것일지 모른다.

그렇다. 우리는 『남매』다.

남자인지 여자인지 알 수 없는 지금의 우리 상황을 고려하니 『자매』나 『형제』는 적절치 않은 것 같아서, 란 이유만이 아니다.

야스미 치아키와 야스미 카에데.

우리 쌍둥이에게는 나이 차이가 나는 손위 여자 형제가 있다.

그녀의 이름은 야스미 유우코다.

시간이 멈춘 듯한 앳되고 조그마한 체구, 요정처럼 사랑스러운 외모.

또한 자신만만한 미소와 날카로운 안광, 그리고 흰색 가운이 어울리는 이지적인 분위기.

그리고—.

"오, 치아키~ 풉…… 크큭…… 아하하하하하! 꽤 귀여워졌잖아?"

지금의 나를 보자마자 이런 말을 할 수 있는 여성이다.

상황을 설명하겠다.

현재 위치는 『야스미 유전자 연구소』 안에 있는 유우코 누나의 연구실.

이 자리에 있는 건 나, 카에데, 누나, 이렇게 세 사람.

카에데의 방에서 그런 이야기를 나눈 후, 우리는 믿음직한 누나와 이 『비정상적인 사태』에 관해 상의하기 위해 여기에 찾아왔다.

아니…… 상의가 아니라 추궁하기 위해서일지도 모른다.

"……역시……."

보건실 느낌의 새하얀 방에서 우리는 누나와 대면했다.

"유우코 언니가 원흉이었군요."

카에데는 마치 추리 소설에 나올 법한 대사를 입에 담았다.

그러자 유우코 누나는…….

"후하하하하하! 아~하하하핫! 이제 와서 무슨 소리야~! 너희의 몸에, 상식으로 이해할 수 없는 일이 벌어졌다면!!"

진심으로 즐거운 듯이 폭소를 터뜨리면서 흰색 가운을 뒤편으로 쓸어 넘기더니…….

"바로 나, 슈퍼 천재 매드 사이언티스트, 야스미 유우코의 짓일 게 뻔하잖아!"

수천 마디의 해설보다, 훨씬 이해하기 쉬운 자기소개였다.

나에게 있어서는 『정말 좋아하고, 자랑스러운 누나』.

야스미 유우코란, 이런 인물이다.

믿음직한 누나, 그 자체랄까?

그냥 이야기만 나눠도 남을 기쁘게 만드는 사람이야.

"아하하하하하! 역시 유우코 누나야! 이야~, 이번만큼은 나도 깜짝 놀랐다니깐!"

"그렇지, 그렇지?! 성공적으로 깜짝 놀라게 해서 나도 기뻐! 깜짝선물을 한 보람이 있네. 고마워해, 후하하하하하!"

"아하하하하하!"

"후하하하하하!"

""하~하하하핫!""

일본 굴지의 사이좋은 남매(이제 자매라고 해야 하려나?)인 우리들은 함께 웃음을 터뜨렸다.

바로 그때 카에데가 차가운 목소리로 한마디 했다.

"입 다물어요."

다물었다.

왜 이 애의 목소리에는 이 자리를 얼어붙게 하는 힘이 있는 걸까.

"유우코 언니. 제 질문에 대답해 주세요."

"……어이, 치아키여. 카에데는 왜 회난 거야? 무섭거든?"

나한테 말 돌리지 마.

보라고. 카에데의 관자놀이에 핏줄이 섰잖아.

"괜한 소리 하지 마세요. 단적으로 묻겠어요— 저희한테 무슨 짓을 한 거죠?"

"유전자를 조작해서 성전환을 시켰어!"

대단하지? 하고 말하듯이 유우코 누나는 납작한 가슴을 폈다.

참 훈훈한 광경이지만 카에데에게는 전혀 먹히지 않았다.

"그, 그런 바보 같은 짓이 가능할 리가……."

"가능해! 항상 말했잖아― 이 슈퍼 천재 매드 사이언티스트, 야스미 유우코에게 불가능은 없다고!"

"……그런가요."

체념한 것 같았다.

케에데도 알고 있는 것이리라.

유우코 누나가 이 입버릇을 입에 담는다면 더 추궁해 봤자 무의미하다는 것을 말이다.

"그럼, 저희에게 양해도 구하지 않고 이런 시술을 한 이유는 뭐죠?"

"잘 물어봤어! 첫 번째는 숭고한 실험을 위해서야. 인류의 진보를 위해서지. 인간의 유전자를 조작해서 온갖 질병과 수명을 극복하고 외모, 나이, 성별마저 자유자재, 나아가서는 생명 창조까지 뜻대로 하는― 신의 영역에 손을 뻗기 위해서야!"

역시 유우코 누나!

평소의 나라면, 진심으로 찬사를 보냈을 것이다. 하지만…….

"크크큭. 치아키, 카에데. 내 실험체로 선택된 것을, 영광으로 알아!"

"⋯⋯⋯⋯⋯⋯."

오늘은 카에데의 핏줄이 터질 것 같으니 입 다물고 있기로 했다.

여동생은 핏줄 선 얼굴을 딱딱하게 굳히더니⋯⋯.

"첫 번째⋯⋯라는 걸 보면, 다른 이유도 있는 거죠? 그건 뭔가요?"

"두 번째는⋯⋯."

유우코 누나는 우리를 번갈아 쳐다보더니 상냥한 목소리로 이렇게 말했다.

"사랑하는 남동생과 여동생⋯⋯ 즉, 너희를 위해서야."

"우리를 위해서⋯⋯?"

"왜, 왜⋯⋯ 이런 악마 같은 실험이,『저를 위한 일』이란 거죠?"

유우코 누나의 다음 말은 각오를 다지고 들어줬으면 한다.

그리고 **똑똑히 기억해 줬으면 한다.**

왜냐하면『누나를 참 좋아하는』나조차도, 이해가 안 되어서 고개를 갸웃거렸으니 말이다.

"아니, 너희들 요즘 사이가 영 **나빠** 보여서~."

악의 따위 전혀 섞이지 않은 미소를 머금은 이 사악한 과학자는 순진무구한 목소리로 말했다.

"성별을 뒤바꾸면, 화해할 것 같았거든 ♪"

""뭐 그딴 논리가 다 있어?!""

우리는 한목소리로 태클을 날렸다.

우리 쌍둥이의, 오래간만의 공동 작업이다.

"흠. 바로 효과가 나타난 것 같은걸?"

"효과 없다고."

"효과 없어요."

이번에는 동시에 부정의 말을 입에 담았다.

누나의 말이 너무 뚱딴지같아서 남자 시절의 난잡한 말투를 쓰고 말았답니다.

딱 하나 이해한 것은…… 진짜로 악의가 없었다는 점이다.

악의가 있었다면 누나는 대놓고 「악의가 있었어!」라고 선언하는 사람이다.

그렇다고 해서 용서할 수 있을 리가 없다.

"그런…… 그런…… 영문 모를 이유로……!!"

카에데의 분노는 금방이라도 폭발할 것만 같았다.

하지만 유우코 누나는 어리둥절한 표정으로 그런 여동생을 쳐다봤다.

"정말 모르는 거야? 치아키는 그렇다 쳐도, 카에데까지?"

"전혀, 정말, 눈곱만큼도 모르겠어요."

"어라? 나는 간만에 귀여운 여동생을 위해 좋은 일을 했다며 자화자찬했는데 말이야."

"네?"

"이거, 안 되겠네. 전혀 전해지지 않았잖아. 그럼 설명해 줄게. 카에데는 엄청, 엄청~ 여자애한테 인기 있으니까**우읍**."

중요한 설명이 도중에 섯아웃됐다.

카에데가 손을 뻗어서 입을 막아버린 것이다.

"그런 아무래도 상관없는 이야기는 관두죠."

"우읍…… 우으읍……."

불쌍한 유우코 누나는 숨도 제대로 못 쉬면서 고통스러운 듯이 버둥거리고 있었다.

"하아…… 유우코 언니의 이야기를 이해하려 한 것 자체가 쓸데없는 짓이었어요."

어찌 된 건지 볼이 벌게진 카에데는 누나의 입에서 손을 떼더니, 그 손으로 누나의 턱을 슬쩍 들어 올렸다. 순정 만화에서 미남들이 흔히 하는 동작이다.

"그것보다……."

키에데는 그대로 누나를 노려보며 말했다.

"되돌릴 수 있는 거죠? 원래 몸으로요."

"못 되돌리거든?"

누나는 너무나도 태연한 목소리로 그렇게 대답했다.

나와 카에데는 그 말을 이해하는데 시간이 약간 걸렸다.

"⋯⋯⋯⋯네?"

주르륵, 하고 카에데의 눈에서 눈물방울이 흘러내렸다.

"⋯⋯자, 자기한테 불가능은 없다면서요⋯⋯."

"맞아. 나한테 불가능은 없어. 으음, 이렇게 말하는 편이 나으려나. 이 실험에 만족할 때까지, 되돌려주지 않을 거야."

그거 봐.

야스미 가의 장녀님은 악의가 있을 때 이런 식으로 말한다.

더할 나위 없을 만큼 심술궂은 미소를 지으면서 말이다.

"크크큭⋯⋯ 그래. 충분한 데이터가 모일 때까지⋯⋯ 적어도 몇 년은, 그 모습으로 생활해 줘야겠어!"

"성격이 최악인 건 여전하군요⋯⋯! 지금 바로 되돌려놔요!"

"싫어."

"끄응⋯⋯!"

카에데가 이를 악물자 유우코 누나는 그 모습을 보며 히죽거렸다.

이 두 사람은 의외로 이런 식으로 자주 다투지만⋯⋯.

이번 일은 솔직히 좀 과했다.

나는 유우코 누나의 뒤편으로 이동한 후, 양손으로 누나의 몸을 들어 올렸다.

"우앗! 치, 치아키?! 뭐 하는 거야?!"

유우코 누나는 두 발을 버둥거렸다.

"유우코 누나, 카에데를 울리지 말라고."

"따, 딱히 안 울었거든요?!"

금방이라도 울음을 터뜨릴 것 같잖아.

나는 진지한 표정으로 누나를 바라보며 말했다.

"실험이라면 내가 얼마든지 어울려줄게. 그러니까 카에데는 원래대로 되돌려줘. 안 그러면……."

"안 그러면? 흥, 뭘 어쩔 건데?"

"싫어할 거야."

"…………뭐?"

"이제 누나가 좋아하는 크림 스튜는 안 만들어줄 거야."

"큭…… 크…… 극…… 하, 하지만…… 모처럼 고생해서……."

"다시는 말도 안 섞을 거야."

"끄으으으응……!"

한동안 분하다는 듯이 신음을 흘리던 누나는 이윽고 내 품에 안긴 채 몸에서 힘을 쭉 뺐다. 마치 두 손으로 들어 올린 새끼 고양이 같았다.

"……어, 어쩔 수 없네……. 카에데는 원래대로 되돌려주겠어."

"휴우……."

언질을 받아낸 나는 안도의 한숨을 내쉬었다. 그리고 옆에 있는 카에데도 가슴을 쓸어내렸다.

나는 들어 올린 누나를 지상에 내려준 후…….

"역시 누나는 상냥하고 귀여울 뿐만 아니라, 말이 통한다니깐."

"후후후후후. 그렇지? 그렇지~?"

착지한 누나는 그대로 뒤돌아서더니 내 얼굴을 손가락으로 가리켰다.

"하지만 치아키, 너는 안 돼! 쭈~욱, 여자애로 지내!"

……으음.

"저기…… 유우코 누나. 『실험을 위해서』니, 『너희를 위해서』 같은 말을 하는 것치곤…… 왠지 사적인 원한이 얽혀 있는 것 같거든?"

"흥, 당연히 얽혀 있지! 특대 원한이 말이야! 너희를 성전환 시킨 이유, 그 세 번째!"

손가락 세 개를 들어 올린 누나는 볼을 살짝 붉히더니…….

"치아키…… 너, 예전에 『누나와 결혼할 거야』 하고 말했었 잖아."

"뭐? 아니…… 언제 이야기야?"

"8년쯤 전일까."

"꼬맹이 때 이야기잖아! 그딴 걸 어떻게 기억해!"

"나는 똑똑히 기억하거든?! 뭐 이렇게 귀여운 생물이 다 있어

~♡ 하며 충격을 받았단 말이야!"

"그런 부끄러운 기억은 좀 잊어!"

"생각해 보면 그때부터 치아키는 이 누나를 따랐어……. 그런데 요즘은 정말 실망스럽다니깐. 고등학교에 들어가면 첫사랑을 하겠다는 둥, 이제까지의 인생에서 단 한 번도 가슴이 뛴 적이 없다는 둥……."

유우코 누나는 눈물을 사방에 흩뿌리며 큰 목소리로 외쳤다.

"네 첫사랑은 바로 나잖아~!"

"무슨 소리를 하는 거야!"

뭐라고 대꾸하면 좋을지 모르겠거든?!

"애초에, 방금 이야기와 성전환 실험이 무슨 상관인데???"

"후하하하하! 여자가 됐으니, 연애는 꿈도 못 꾸겠지!!"

"앙심을 품은 거냐!"

"시끄러워, 시끄러워, 시끄러워~! 이 배신자! 흥, 새콤달콤한 청춘의 꿈이 박살 나서 분하지?! 자, 첫사랑인 이 누나가 네 원망을 들어주겠어!"

"미소녀로 만들어줘서 고마워."

"와히히! 꼴좋다! 그 말이 듣고 싶— 어, 고맙다고 했어? 느닷없이 여자가 됐는데?"

"남자였을 때부터 여자한테 인기가 없었으니까, 잘 생각해 보면 상황이 악화된 건 아니다 싶거든. 오히려 여자가 되면서 상황이 좋은 방향으로 개선될지도 몰라."

"너무 긍정적이라 무섭네……."

얼굴이 새파랗게 질린 누나가 뒷걸음질을 쳤다. 한편, 나는 당당히 한 걸음 내디디며 주장했다.

"즉, 내 꿈은 전혀 훼손되지 않은 거야. 방침 또한 전혀 변함이 없지. 후후후. 뜻대로 안 되어서 분하겠는걸."

"서, 설마 치아키, 너…… **그 상태로 연애를 할** 생각인 거야?"

"그래."

"여자애의 모습으로 말이야?"

"응. 초절정 미소녀의 모습으로 말이야."

"여자애와?"

"그래. 여자들의 사랑을 독차지하며 고등학교에 다니겠어!"

내가 자기 꿈을 다시 선언하자 한동안 얼이 나가 있던 누나는 토라진 듯한 목소리로…….

"너란 애는 성별이 바뀌었는데도 전혀 달라지지 않은 거냐!"

……라고 외쳤다.

그 후…….

유우코 누나는 방구석에서 정체불명의 기자재를 옮겨오더니, 책상 위에 놓인 컴퓨터를 조작하며 뭔가를 척척 준비하기 시작했다.

앳되고 사랑스러운 외모를 지녔지만 일할 때는 커리어 우먼 느낌이 물씬 났다.

"됐어. 카에데 이쪽으로 와. 원래 모습으로 되돌려줄게."

"…………."

카에데는 경계심을 풀지 않으며 다가왔다.

유우코 누나는 그런 여동생을 보더니 눈을 깜빡였다.

"어? 저기, 이제 와서 눈치챈 건데…… 카에데, 너…….."

"……왜, 왜 그래요?"

"여자에서 남자가 됐는데, 모습이 전혀 달라지지 않았잖아?"

"…………."

"실험이 실패해서…… 성전환이 안 된…… 건가? 아니…… 아까 『원래 모습으로 되돌려달라』고 했었잖아. 그렇다면…….."

으음, 하고 신음을 흘리던 누나는 손뼉을 치며 말했다.

"원래 중성적인 외모여서, 남자가 되어도 그다지 달라지지 않은 거야?"

"아니에요!"

"그럼, 뭔데?"

"…………."

말하기 힘들어 보이네…….

"호오, 말하기 힘든 상황인 거구나……. 그거 재미있네!"

"……여동생의 불행을 기뻐하고 있는 거 맞죠?"

"예상치 못한 결과라는 건, 나에게 있어 보물 상자 같은 거야. 그래서? 카에데, 네 몸에는 무슨 일이 일어난 건데? 말 안 하면, 원래대로 안 되돌려줄 거야."

"……하, 하반신에……."

"어디 말이야? 좀 더 구체적으로, 큰 목소리로 말해봐."

"……으으……."

말할 수 있을 리가 없다.

미안해, 카에데. 너무 섬세한 문제라 나도 도와줄 수 없어.

입가를 오물거리던 카에데는 결국 될 대로 되란 심정으로 자기 사타구니를 손가락으로 가리켰다.

"여기!"

"뭐?"

"거시기가 자라났어요!!"

"……그런 남사스러운 말을 큰 목소리로 외치지 마."

"크윽……!!"

오늘 안에 카에데의 치아가 박살 나지 않으려나.

쿨한 막내동생이 그런 뜻밖의 발언을 입에 담자, 유우코 누나는 볼을 붉히며 그렇게 놀렸다.

하지만 곧 평소 모습으로 돌아오더니, 카에데의 하반신을 쳐다봤다.

"오, 호, 라~."

그리고 진심으로 기뻐하는 것처럼, 환한 표정을 지었다.

"하핫, 일부분만 성전환이 된 거네. 꽤 흥미로운 결과잖아! 역시 너를 실험체로 삼기 잘했어!"

"언니를 기쁘게 해주려고 이렇게 된 건 아니에요— 빨리 원래대로 되돌려줘요!"

"알았어. 알았다고. 하지만 검사만은 해야겠네. 내 연구 욕구를 충족시키기 위해."

카에데가 날카롭게 노려보자…….

"아니, 귀여운 여동생을 원래대로 되돌리기 위해서 말이지!"

그렇게 됐다.

나는 방에서 나간 후 카에데의 검사가 끝나길 복도에서 기다렸다.

"홋홋홋홋……. 그럼, 어디 **환부**를 보여주실까!"

유우코 누나가 기뻐 죽으려는 듯한 목소리가 복도까지 들려왔다.

"에이~ 뭘 부끄러워하는 거야, 카에데……. 가족 상대로 말이야."

"…………."

"뭐? 나? 겨우 이 정도 일로 동요할 리가 없잖아. 훗, 나는 성인 여성이거든! 남자의 거시기 정도는 눈에 익었어! 치아키가 어릴 적에, 연구를 위해 실컷 주물럭거렸거든."

도저히 흘려들을 수 없는 이야기가 들려오는걸.

아무래도 나중에 따져야만 할 일이 생긴 것 같았다.

잘 들리지 않는 카에데의 목소리와, 잘 들리는 유우코 누나의 목소리가 번갈아 들려왔다.

그게 한동안 이어진 후, 이윽고…….

"좋아……. 드디어 각오를 다진 것 같네. ……그러니까 왜 그런 경고를 하는 거야……. 마치 내가 놀라자빠지기라도 할 것처럼…… 영문을 모르겠네. 괜찮다잖아. 잔말 말고 빨리 꺼내—엇?"

한순간 정적이 흐른 후…….

"우갸아아아아아아아아아아아아아
아아아아아아아아아아아아아아아아
아아아아아아아아아아아아아아아
아아아아아아아아아아아아아아아
아아아아아아아아아아아아아앗!"

아니나 다를까, 유우코 누나의 절규가 울려 퍼졌다.

안에서 무슨 일이 일어났는지는 짐작해 볼 필요도 없었다.

"들어갈게, 누나."

몇 번을 노크해도 반응이 없었기에 어쩔 수 없이 허락을 받지
않고 실내에 들어갔다.

비명의 원인이 뭔지는 뻔히 짐작되지만 만일의 경우라는 게
있을 수 있다.

방치해놓고 그저 기다리기만 할 수는 없었다.

"유우코 누나. ……괜찮아?"

그녀는 금방 발견했다. 진찰용 침대에 힘없이 걸터앉은 채 울
먹거리며 넋을 놓고 있었다.

그리고 굳은 움직임으로 나를 돌아보더니…….

"치아키~ 저게 뭐야~ 나, 저런 건 몰라……."

하나도 괜찮지 않은 것 같았다.

평소 기세등등하던 누나가 완전히 얌전해졌다.

"억지로 벗겼더니, 내 눈앞에서…… 가, 갑자기 커졌……."

"설명 안 해도 돼!"

"어째서 이런 일이 벌어진 거지??? 성적으로 흥분 안 하면 변화하지 않는 것 아니었어???"

혼란에 빠진 채 울먹거리는 누나를 비난할 수는 없었다.

나도 처음 봤을 때는 너무 놀란 나머지, 꼴사나운 모습을 보였다.

대답하기 어려운 질문을 깔끔히 무시한 나는 방을 둘러보며…….

"그런데, 카에데는 어디 있는 거야?"

"옆방에서 울고 있어."

"안 됐네……."

어쩌고 있는지 보러 가지는 말자.

우리는 웬만한 일로는 동요하지도 허둥대지도 않는데……
오늘 아침은 정말 최악이다.

"검사는 어떻게 됐어?"

"……도중에 중단했거든. 다시 할 거야."

─그리하여, 다시 검사를 시작했다.

나는 다시 복도에 나가서, 한동안 대기했다.

1분…… 5분…… 10분이 흘렀지만 사태에는 변화가 없다.

하긴, 검사 중단 전에 일어난 일을 생각하면 어쩔 수 없을 것이다.

환부를 확인하고, 검사한다.

겨우 그게 전부인데 지금은 초고난도 미션이다.

그로부터 몇 분 더 기다렸을 때 드디어 상황에 변화가 발생했다.

"원래대로 되돌려준다고 했죠?!"

……라거나…….

"검사든 뭐든 빨리 하라구요!"

……같은, 카에데의 악에 받친 목소리가 들려왔다. 이어서 누나가 훌쩍이는 소리도 들려왔다.

……저, 정말 안 됐네.

"……치아키, 들어와도 돼."

나를 부르는 목소리가 들려온 건 그로부터 20분 후의 일이었다.

안으로 들어온 내가 본 것은 지친 기색이 역력한 유우코 누나와—.

"나았어요~!"

캐릭터성이 붕괴된 것처럼 만세를 하며 껑충껑충 뛰고 있는 순진무구한 카에데의 모습이었다.

저렇게 환하게 웃는 여동생은 본 적이 없어!

"하아아~! 다행이야……. 다행이야……. 다행이야……."

안도의 눈물이 그녀의 볼을 타고 흘러내렸다.

한편, 유우코 누나는 실험체가 줄어든 것을 아쉬워하는 눈치였다.

"하아…… 예상했던 결과네. 나한테 고마워해, 카에데."

"원흉 주제에 잘도 그딴 소리를 거들먹거리며 늘어놓네요. 저주를 걸면 몰라도, 고마워할 일은 없어요."

카에데와 유우코 누나는 평소 모습으로 되돌아왔고 마치 아무 일도 없었던 것처럼 행동하고 있었다.

물론 나 또한, 괜한 소리를 늘어놔서 분위기를 망칠 생각은 없다.

"후후…… 아무튼…… 이것으로 저는, 유우코 언니의 무시무시한 실험에서 벗어났어요. 아무 관련 없는 사람이 됐단 말이에요."

"일단, 경과 관찰 정도는 할 거야."

"……그 정도는 괜찮아요."

두 사람의 대화는 그렇게 끝나더니 누나의 시선이 나를 향했다.

"치아키, 너는 앞으로도 내 실험에 협력해 줄 거지?"

"응. 그러기로 약속했잖아. 그런데, 뭘 하면 돼?"

"일단 학교에 가서, 평범하게 생활해. 자세한 건 나중에 의논

하자."

"알았어. 어, 학교…… 학교라……."

그러고 보니 오늘은 입학식 당일이다.

자아. 자, 자, 자—.

야스미 치아키는, 과연 학교에 갈 수 있을 것인가?

계속 미뤄왔던 그 큰 문제를 입에 담으려던 바로 그때였다.

카에데가 갑자기 끼어들었다.

"야스미 씨. 그 모습으로 어떻게 등교하려는 건지 모르겠지
만……."

가방을 손에 들고 이제부터 학교에 가려는 듯한 태세를 하
고—.

"학교에서는, 저한테 말 걸지 마세요."

빠른 발걸음으로 사라졌다.

"……원래대로 되돌아가서 다행이야, 카에데."

이 대소동을 계기로, 조금은 가까워진 줄 알았더니…….

우리들 쌍둥이의 해후는 몽환(夢幻)과도 같도다.

일단 마음을 다잡도록 할까.

이제부터는 학교 편이다!

여자가 되고만 내가, 어떤 경위로 학교에 다닐 수 있게 될 것
인가.

각종 서류 처리 및 이름을 비롯한 이런저런 일들을 어떻게 할 것인가.

그런 점이 신경 쓰이는 분도 있겠지만 우선은 나의 활약을 즐겨줬으면 한다.

그 큰 사건이 일어난 아침으로부터 시간이 약간 흐른 후…….

기념비적인 인생의 출발점, 입학식이 시작됐다.

신입생 입장과 국가 제창.

이어서…….

"신입생 여러분, 입학 축하드립니다."

입학 허가 선언과 입학식 인사 등.

지극히 평범한 행사였다.

그런 입학식에서 내 여동생인 카에데는 가장 앞줄에 앉아 있었다.

등을 꼿꼿이 편, 늠름한 자세였다.

오늘 아침에 사타구니를 손으로 누른 채 울먹거리며 허둥댄 여자와 동일 인물이라는 게 믿기지 않았다.

그런 여동생을 응시하고 있는 나는 물론 여자 모습이며 체육관 앞쪽의 단상으로 올라가는 계단 앞에서 대기하고 있었다.

신입생 대표로서 인사를 하기 위해서다.

입학시험에서 1등을 했기에 원래부터 대표로 인사를 할 예정이었지만…….

"무슨 이야기를 하지?"

아침부터 이런저런 일이 있었던 탓에 까맣게 잊고 말았다.

"신입생 대표, 야스미 치아키 씨."

어이쿠, 이름을 불렀다.

각종 축사 등은 어느새 끝난 것 같았다.

흐음…… 아무래도 기억을 뒤질 시간도, 차분하게 생각할 시간도 없겠는걸.

"애드리브로 해볼 수밖에 없나."

입학에 따른…… 포부와 마음을, 나 자신의 말로 이야기하면 된다.

센스 있는 대사는 아니겠지만 그 대신 마음이 담겨 있으리라.

"좋아, 가볼까!"

손바닥에 주먹을 날리고 한 걸음 앞으로 내디뎠다.

단상에 올라 걸어간 후 가운데에서 멈춰 섰다.

천천히, 전교생을 둘러봤다.

"여러분, 처음 뵙겠습니다. 야스미 치아키라고 합니다."

사람들이 나 한 명을 주목하기 시작했다.

정적으로 가득 찬 이 자리가 크게 술렁거렸다.

감탄 어린 탄성을 터뜨리는 이.

숨을 삼키며 눈을 치켜뜨는 이.

내 몸에 쏟아지고 있는 **동경**에 찬 수많은 시선.

이 한순간에 몇 명이 나한테 한눈에 반해버렸을까?

훗…… 후후후…… 하하하…… 좋아! 기분이 정말 끝내줘!!

"오늘 이렇게 멋진 입학식을 개최해 주셔서, 감사합니다."

등을 꼿꼿이 펴자 블레이저 교복의 단추가 떨어졌다.

으윽……! **빌린 교복이라 안 맞아**……!

블레이저만이 아니라 셔츠의 단추도 떨어지기 직전이다!

그러고 보니 이름은 마지막에 밝히던가? 계절 인사를 깜빡
했어.

수많은 트러블이 한꺼번에 발생했지만 나는 당연히 당황하
지 않았다.

이 정도의 예상치 못한 사태는 여동생에게 거시기가 자라난
것에 비하면 사소한 일이나 다름없거든.

좋아, 할 수 있어. 자신만만하게, 미소를 지으며 GO.

"저는, 3년간 이 학교에 다니면서, 꼭 이루고 싶은 일이 있습
니다."

전심전력을 다해 미소 지으며 나는 이 자리에 있는 이들에게
포부를 밝혔다.

"그것은, 첫사랑을 아는 것."

아까보다 더 술렁거렸다.

"제 가슴을 두근거리게 하는, 운명의 상대와 만나는 것."

입학식에 어울리지 않는 그 술렁거림이 학교 전체로 퍼져 나갔다.

"그 상대의 손을 잡고, 끌어안는 것."

나는 진지한 눈길로 그들을 둘러보며 힘차게 손바닥을 내밀었다.

그 순간, 투둑 하는 소리가 또 들려왔지만…….

"과연 이 자리에 있는 여러분 중 누구일지…… 남성일지, 여성일지, 그것조차도 모릅니다. 왜냐하면 저는 태어나서 지금까지 단 한 번도, 사랑에 가슴이 두근거린 적이 없으니까요."

한껏 가슴을 펴면서 개의치 않고 말을 이어갔다.

내 입에서 나오는 혼잣말에 인사라고도 할 수 없을 듯한 자기중심적인 연설에…….

다들 귀를 기울이는 것 같았다.

아연실색한 교사들이 있었다.

볼을 붉히며 새된 비명을 지르는 여학생들이 있었다.

휘파람을 불며 야유를 보내는 남학생들이 있었다.

필사적으로 **사타구니를 누르고 있는** 여동생의 얼굴만은, 왠지 악귀 같았다.

"그래도, 반드시 꿈을 이루고 말겠어요."

나는 매우 기분이 좋았다.

"전심전력을 다해 첫사랑을 쟁취할 것을 맹세합니다!"

신입생 대표, 야스미 치아키.

훗날, 머나먼 미래에…….
오늘 인사는 전설로서 학생들 사이에서 이렇게 회자된다고
한다.
야스미 회장의 노브래지어 연설 사건, 으로 말이다.

"어떻게 된 거예요!!"

카에데의 분노에 찬 고함이 특대 음량으로 보건실에 울려 퍼졌다.

"원래대로 되돌아갔다고 했으면서! 분명 사라졌었는데!!"

내 여동생이 사타구니를 손으로 누른 채 울먹거리며 따지고 있는 상대는 물론…….

원흉인 유우코 누나였다.

왜 이 사람이 이 학교에 있는 건지, 그리고 그 후에 어떻게 됐는지…….

상황을 자세하게 설명하고 싶지만 그럴 때가 아니었다.

우선 중대 사항만 전하자면…….

"또, 거시기가 자라난 거구나."

누나가 중얼거린 그 말로 정리가 됐다.

"……윽…… 흑…… 흐흑……."

오늘 아침 동안, 카에데의 10년 치 눈물을 본 것 같은 느낌이 들었다.

항상 나한테 쌀쌀맞은 태도를 보이지만 그래도 마음이 너무 아팠다.

"흠…… 흠흠…………."

누나도 동감인 건지, 이『예상 밖의 결과』에 반색하지는 않았다.

카에데가 치마 앞부분을 양손으로 꽉 누른 가운데…….

유우코 누나는 그 부분을 지그시 응시하며 생각에 잠겨 있었다.

그리고 이윽고 입을 연 누나는 이렇게 말했다.

"아하~ 아무래도~, 완전히 원래대로 되돌아가진 않은 것 같네~."

"『같네』라뇨! 너무! 무책임해요!"

"미안해, 미안해. 이야, 진짜 미안하게 됐어."

"말도, 태도도, 표정도! 하나 같이 가볍잖아요! 저는 하마터면 인생이 끝날 뻔했다고요!"

하긴, 입학식 도중에 갑자기 자라났잖아.

발딱~! 하고 처음부터 게이지 MAX 풀파워 상태로 말이지.

남자라도 난처할 상황인데 **초보자**인 여자애가 그런 상황에 대처할 수 있을 리 없다.

내가 단상에서 가장 먼저 눈치채지 않았다면 과연 어떤 일이 벌어졌을까.

지금쯤 디지털 프라이버시에 어두운 학생이 스마드폰으로 찍어서, 그 부끄러운 사진이 인터넷에 퍼져나갔을지도 모른다.

뭐…… 유우코 누나라면 그런 상황마저도 어떻게든 해결할 수 있을 것 같지만 말이다.

나로서는 애초에 가족이 그런 일을 겪지 않았으면 한다.

궁지에 몰린 카에데를 본 나는 대표 인사가 끝나자마자 『사촌의 몸 상태가 나쁜 것 같다』고 교사에게 둘러대면서, 카에데를 데리고 유우코 누나가 기다리는 보건실로 대피……한 것이다.

"미안하다니까 그러네. 가능한 한 빨리 원래대로 되돌려줄게."

"지금 바로는 무리라는 건가요?!"

울면서 화내고 있는 카에데가 유우코 누나에게 따지는 사이, 좀 더 설명해 두겠다.

아까 미뤘던 이제까지의 경위 말이다.

유우코 누나가 어째서 이 학교에 있는 건가.

여자가 된 야스미 치아키가 어째서 학교에 다니게 된 건가.

그럼, 입학식 전으로 거슬러 올라가겠다…….

자, 과거 회상을 시작하자.

카에데에게 빌린 트레이닝복 말고는 속옷조차 입지 않았던 나는 카에데와 함께 유우코 누나의 차를 타고 등교하기로 했다.

그 와중에 차 안에서 이런 이야기를 나눴다.

운전대를 쥔 유우코 누나는 싱글벙글 웃으면서, 조수석에 앉은 나에게 이렇게 말했다.

"저기저기~ 치아키~. 여자애로서의 이름은 뭐로 할래~?"

"지금 이름을 그대로 쓰고 싶은걸. 마음에 들거든."

"같은 학교에, 중학생 시절의 지인은 없어?"

"몇 명 있긴 해."

"으음~ 뭐, 그 정도면 괜찮겠네. 동일 인물일 거라고는 생각도 못 할 거야. ─좋아, 이렇게 하자. 새로운 너는 야스미 치아키, 성별은 여자, 카에데와는 사촌지간이며, 먼 곳에서 살고 있었는데 이 학교에 다니기 위해 앞으로 3년 동안 한집에서 살게 됐다. 이 설정을 기억해 둬!"

"남자인 『야스미 치아키』는 사라지게 되는데, 그 점에 대해 누가 묻는다면 어떻게 할 거야?"

"갑자기 큰마음 먹고 해외 유학을 간 거로 하자."

"그런 성의 없는 이유로…… 납득할까?"

"치아키와 친한 사람일수록, 납득할 거라고 봐. 카에데는 어떻게 생각해?"

"기왕이면 유학한 곳에서 죽은 거로 하고 싶어요."

왜 그런 소리를 하는 건데?

백미러 너머로 노려보자 뒷좌석에 앉은 카에데가 전혀 미안해하지 않으며 고개를 획 돌렸다.

젠장…… **약점**이 사라지자마자 바로 원래대로 되돌아갔어.

카에데는 이쪽을 쳐다보지도 않고 말했다.

"애초에…… 여자애로서의 이름을 어찌할지, 같은 것보다…… 더 중대한 문제가 있지 않나요?"

"뭐…… 그렇긴 해."

여자가 됐는데, 어떻게 학교에 다닐 것인가?

여자애인 야스미 치아키 양에게는 애초에 학적이 없다.

그 새삼스러운 문제 제기를 들은 누나는 태연히 핸들을 돌리며 말했다.

"후후후, 바보구나. 그딴 사소한 일은 이 나한테 아무런 문제도 안 되거든! 이 누나가 손을 잘 써뒀으니까, 마음 놓고 그 모습으로 등교하면 돼!"

거꾸로 불안해지는걸.

매번 그렇지만 설명이 너무 부족하다.

"그리고 너희 학교의 이사장은 내 동급생이고, 20년 전부터 나한테 절대복종 중이야."

"유우코 언니와 소꿉친구라니, 최악이군요……. 참 안 됐어요."

카에데는 진심으로 동정했다.

하지만 누나는 전혀 개의치 않았다.

"걔한테는 아침 일찍부터 전화해서 폐를 끼치긴 했어~. 너희도 걔한테 고마워해."

"……미안해할 포인트는 거기가 아니라고 생각해요."

"아, 맞다. 오늘부터 나도 너희 학교에 다니기로 했어. 보건 선생님으로서 말이지."

유우코 누나가 태연한 어조로 그렇게 말했기에, 나와 카에데는 바로 반응하지 못했다.

"유우코 누나가…… 보건 선생님? ……뭐가 어떻게 된 거죠?"

"괜찮겠어? 누나는 낯가리잖아."

우리 집의 장녀님은 가족 앞에서나 큰소리치지, 모르는 사람 앞에서는 말도 제대로 못 하는 타입이라서 택배도 제대로 받지 못한다.

『무서우니까 싫어!!』라는 이유로 말이다.

도저히 학교에서 근무할 수 있을 것 같지가 않았다.

우리가 의문과 걱정을 표시하자 유우코 누나는 히히히 하고 웃었다.

"물론 괜찮지 않~아. 하지만, 어쩔 수 없어. 천재 매드 사이언티스트로서, 가능한 한 실험체를 가까운 데서 관찰해야만 하거든."

실험체란 물론, 여자가 된 야스미 치아키 양이다.

"제대로 된 보건 선생님은 따로 있으니까 안심해. 어디까지나 나는 직함과 활동 장소를 확보했을 뿐이거든."

학교 구교사의 제2보건실.

거기가 천재 매드 사이언티스트, 야스미 유우코의 새로운 거점이라고 한다.

즉, 악의 연구소·출장판이다.

"훗훗훗……. 나중에 기자재를 옮겨야겠네……. 치아키, 너도 도와!"

"나만 믿어."

"유우코 언니."

우리 대화가 일단락됐을 때 카에데가 입을 열었다.

"좋은 기회니까, 학교에서 일하는 김에 밤낮이 뒤바뀐 생활을 고치는 게 어때요?"

"끄응……. 그럼 오늘부터는 집에 돌아가서 잘게……."

"밤 아홉 시에는 잠자리에 드세요. 식생활도 개선하죠. 정크푸드만 먹으면 몸에 안 좋으니까요…… 언니? 제 말 듣고 있어요?"

"으으…… 도와줘, 치아키~."

그냥 그렇게 해.

여자가 된 야스미 치아키가 어떻게 학교에 다닐 것인가.

내가 고민한 그 커다란 문제는 그보다 거대한 불합리로 인해 허무하게 해결되고 말았다.

과거 회상을 마치자…….

"그~러~니~까~, 원인을 조사하지 않으면 손쓸 방법이 없다니까 그러네~!"

"부, 『불가능은 없다』고…… 그렇게 자신만만하게 말했으면서……!"

내 여자 형제들은 아직도 말다툼을 벌이고 있었다.

"부, 불가능은 없거든~? 시간과 준비가 필요할 뿐이거든~?!"

그런 어린애 같은 변명을 늘어놓던 유우코 누나는 막냇동생의 무시무시한 표정을 보고 겁을 집어먹었다.

"으~ 이렇게 되면 어쩔 수 없네."

누나는 손가락으로 상대방을 가리키더니…….

"카에데, 너도 실험에 협력해!"

"뭐……."

"실험 데이터가 쌓이면, 언젠가 완벽하게 여자 몸으로 되돌릴 방법을 찾을 수 있을 거야."

"언젠가?! 맙소사……."

"그게 원래 몸으로 돌아갈, 가장 빠른 길이야."

"큭…… 으으…………!"

카에데는 부들부들 주먹을 떨면서 어금니를 깨물었다.

"알았어요……. 방법이 그것뿐이라면…… 저, 뭐든지 하겠어요!"

"음, 솔직해서 좋네. 그럼, 바로 실험을 시작하자!"

유우코 누나는 환한 미소를 짓더니 카에데의 사타구니를 손가락으로 가리켰다.

"우선, 지금의 네 상태부터 고쳐야겠네."

"……고, 고칠 수 있어요? 시간이 걸린다고……."

"『두 번 다시 자라나지 않도록 하는 것』에는 시간이 걸린다는 의미일 뿐, 재발 전의 상태로 되돌리는 건 지금 바로 가능할 거야."

"윽! 그 방법은 대체……."

"그건 바로……."

유우코 누나는 천천히 팔짱을 끼더니 의미심장한 표정으로 생각에 잠겼다.

그리고 이윽고 입을 열더니—.

"……치아키에게 물어봐야겠네."

"어? 나? 왜?"

갑자기 언급된 나는 자기 얼굴을 손가락으로 가리키며 당혹스러워했다.

"전문가도 아닌 나한테, 대체 뭘 가르쳐 달라는 거야?"

내가 그렇게 묻자 누나는 볼을 살짝 붉히면서 불쑥 이렇게 말했다.

"큼지막해진 거시기를, 조그맣게 만드는 방법."

"…………."

부디 같이 생각을 해줬으면 한다.

이 질문에 대체 뭐라고 답하면 좋을까?

"으~~~~음~~~~."

나는 팔짱을 끼며 신음을 흘렸다.

고민에 빠진 이유는 물론 『몰라서 가르쳐줄 수 없다』가 아니다.

『알지만 가르쳐주기 참 미묘하다』였다.

나는 30초 이상 고민한 후 일단 시간을 벌어보기로 했다.

"……그럼, 저기…… 조그마해지면…… 완전한 여자 몸으로 돌아가는 거구나?"

쪼그라든 거시기가 남을 것 같은데…….

"아마 그럴걸?"

유우코 누나는 그렇게 답했다.

시간을 많이 벌지는 못했지만 이렇게 되면 각오를 다질 수밖에 없다.

"……좋아. 가르쳐주겠어."

결심을 다진 나는 입을 열었다.

"20센티미터가 넘을 정도로 거대화한 괴물…… 그 녀석을 진정시킬 방법을 말이지."

"괴상한 표현 좀 쓰지 마세요!"

그냥 대놓고 말해도 화낼 거잖아.

나는 누나를 쳐다보면서 지극히 진지한 어조로 말했다.

"『어렵지만 확실한 방법』과 『간단히 시도해 볼 수 있지만 확실지 않은 방법』이 있는데……."

"물론~ 확실한 방법 쪽이야!"

그렇게 말할 줄 알았어…….

이제부터 나눌 대화를 상상한 나는 마음이 어두워졌다.

"그럼 방구석으로 좀 와봐."

"어? 왜 그러는 거야……?"

나는 누나의 어깨를 살짝 안으면서 카에데와 떼어놨다.

그리고 천천히 스마트폰을 조작해서 어떤 화면을 누나에게
보여줬다.

"어? 이게 뭐야?"

"내가 소유하고 있는 전자 서적 판 야한 책이야."

"고등학생이 그런 걸 가지고 있으면 어떻게 해~!"

"매드 사이언티스트한테만은 그런 소리 듣고 싶지 않아! 나
도 고심 끝에 내린 결단이라고!"

"첫사랑인 누나한테 이런 걸 보여줘서 뭘 어쩌려는 건데?"

"말로 설명하는 건 도저히 무리니까, 만화를 통해 가르쳐주
려는 거야.『이렇게 하면 작아진다』는 걸…….'

"뭐~~~~?"

유우코 누나는 얼굴을 붉힌 채『작게 만드는 방법』이 적힌 그
책을 읽더니…….

진지한 표정으로 말했다.

"이걸 누가 할 건데?"

"그야 물론 원흉인 누나가 해야지."

"무리, 무리, 무리, 무리! 절~대로 무리~!"

유우코 누나는 울상을 지으며 거부했다.

아이러니하게도 야한 책에 나올 법한 대사였다.

야한 책을 전혀 안 보는 건전한 분께서는 우리의 대화가 어떤 의미인지 전~혀 모르겠지만…… 그래도! 보충 설명은 하지 않겠다……. 양해해 주시길…….

여전히 울상을 짓고 있던 누나는 코를 훌쩍이며 말했다.

"……치, 치아키가 하면 안 돼?"

"카에데한테는 누나가 설명해."

"이런 걸 대체 어떻게 설명하란 거야?! 쟤가 나를 죽이려고 들걸~?!"

"그게 아까 내가 느낀 심정이라고!"

그렇게 우리가 다투고 있을 때였다.

"저기…… 불온한 대화가 들려서, 정말 불안한데요…….."

"히익!"

갑자기 카에데가 말을 걸어오자 누나는 흠칫하며 어깨를 부르르 떨었다.

"아아아, 아무것도 아냐! 어려운 방법 쪽이 완전 레알 슈퍼 난제 그 자체라서, 다른 방법을 강구해보자는 이야기를 나눴을 뿐이야……!"

"그, 그런가요……. 가능한 한 빨리 부탁드려요……. 저기…… 괴롭거든요…….."

그야 괴롭겠지.

아까부터 상당한 시간 동안, 카에데의 사타구니는 풀파워 상태를 유지하고 있다.

실은 몰래 기대하고 있었다.

『곧 자연적으로 작아지지 않을까?』하고 말이다.

다들 알다시피(만일 모르는 분이 있다면 양해를 구하겠다) 갑자기 거시기가 커졌을 때의 기본적인 대처법이 바로 그것이니 말이다.

하지만 그렇게는 안 될 것 같다.

쪼그라들 기색조차 안 보여.

"어쩔 수 없지…….『간단히 시도해 볼 수 있지만 확실치 않은 방법』을 써보자."

"그, 그게 어떤 방법인가요?"

카에데는 『이번에는 저도 듣겠어요!』라고 말하는 듯한 표정으로 얼굴을 내밀었다.

"그래. 방법은 여러 가지가 있긴 한데…….'"

이번 방법은 본인에게 말해줘도 문제없을 것이다.

나는 고개를 끄덕인 후 검지를 세웠다.

"눈을 감고, 싫어하는 사람의 얼굴을 떠올려봐."

"『싫어하는 사람』……?"

"그래. 보기만 해도 맥 빠지는 사람의 얼굴을 떠올려서…… 마음이 흐려지게 만드는 거야. 효과가 있을지도 몰라. 확실치는, 않지만 말이야."

그런 단순한 조언을 카에데는 진지한 표정으로 듣고 있었다.

그녀는 나를 똑바로 바라보며…… 잠시 생각에 잠겼다.

그리고 두 눈을 꼭 감더니…….

"해볼게요."

싫어하는 사람의 얼굴을 떠올리고 있는 것일까.

흥분 상태였던 카에데의 얼굴이 분노 탓에 더욱 새빨갛게 달아올랐다.

이윽고―.

"어, 어떤가요……? 사라졌나요……?"

카에데의 사타구니에, 변화가 발생했다.

발생하긴 했지만…….

"…………."

그 충격적인 사태를 본 나는 말문이 막히고 말았다.

그런 나를 대신해, 유우코 누나가 떨리는 목소리로 중얼거렸다.

"저, 저기…… 더 커진 것 같지 않아?"

"네? 그럴, 리가…….'

카에데는 눈을 뜨더니 그대로 딱딱하게 굳어버렸다.

사과처럼 얼굴이 새빨개진 채로 말이다.

처치가 완전히 역효과였다는 영문 모를 상황 속에서 유우코 누나는 고개를 갸웃거리며 물었다.

"너, 대체 누구를 떠올린—."

"몰라요!!"

그로부터 십 분 후에야 겨우 소동이 가라앉았다.

최종적으로 분노한 괴물을 진정시킨 것은 내 단순한 조언도, 야한 책에 나올 듯한 헌신도 아니었다. 더 물리적인 처치였다.

"오, 이번에야말로 사라졌어?"

"……네. ……그런, 것, 같아요……."

카에데는 의자에 앉은 채 수건으로 감싼 얼음베개를 환부에 대고 있었다.

정말 심플한 방법이지만…… 차갑게 식히면 진정되는 것 같았다.

으음, 불가사의하네……. 진짜로, 작아지니 사라진 것 같다.

사라지는 순간, 어떤 일이 벌어진 걸까……?

보여달라고는 말 못 하겠고…… 물어보면 화낼 테고…….

"휴우…… 처, 처음부터…… 이랬으면…….'

지칠 대로 지친 카에데가 한숨을 내쉬었다. 그녀의 목소리에는 안도의 기색이 어려 있었다.

"으음, 아무튼…… 이제 어떻게 대처하면 될지 알긴 했네."

한 걸음 나아갔는걸, 하고 유우코 누나는 중얼거렸다.

"환부를 식힐 물건을 가지고 다닌다면, 별문제 없이 학교에
도 다닐 수 있을 거야. 뭐, 조심해야 할 일이 많긴 하겠지만."

"그, 래, 요……. 일단은, 안심했어요."

"나는 낮 동안 여기 있을 거니까, 무슨 일 있으면 찾아와. 혹
시 모르니, 옷도 여기서 갈아입어. 의심을 사지 않도록 적당한
이유도 만들어둘게. 화장실도 저기에 있어."

"네……. 아…… 혹시…… 야스미 씨도 그럴 건가요?"

"뭐, 여자애와 함께 옷을 갈아입게 할 수는 없잖아."

이 사람은 때때로 정신을 차린다니깐.

멋대로 가족의 성별을 바꿔놓는 사람이 갑자기 이렇게 멀쩡
한 소리를 하니 어떤 반응을 보이면 될지 모르겠다.

"저, 저와 함께…… 옷을 갈아입게 되잖아요!"

"괜찮지 않아? 남매인걸."

"전혀 괜찮지 않아요! 싫어하는 사람과 한방에서 옷을 갈아
입으라니……."

카에데는 갑자기 화들짝 놀란 듯한 표정을 짓더니 어찌 된 건
지 나를 쳐다보며—.

"저는, 싫어하는 사람이 잔뜩 있거든요?!"

"……그, 그래."

정말 영문 모를 선언이었다.

"애초에 말이죠. 야스미 씨, 당신—"

내가 방금 들은 말에 대해 생각하는 걸 막으려는 듯이 카에데는 말을 연거푸 쏟아냈다.

"왜 브래지어를 안 한 거죠?!"

"없거든."

"큭……!"

카에데는 나의 완벽한 대답을 듣더니 방어 태세를 취하듯 어금니를 깨물었다.

한편, 나는 차분한 어조로 이렇게 말했다.

"부족한 것을 오늘 안에 보충하면, 내일부터는 괜찮을 거야."

"…………."

카에데는 뭔가 할 말이 있는 것처럼 눈을 가늘게 떴다.

나는 씨익 웃으면서 말했다.

"신입생 대표 인사도 깔끔하게 마쳤으니까. 뭐, 여고생 1일째 치고는 잘했다고 생각해! 훗, 역시 나라니깐."

"……그…… 그……."

"그?"

"그럴 리가 없잖아요! 단상 위에서 그렇게 파렴치한 모습을 보여놓고……!"

"아, 아니, 그게…… 단추가 떨어진 건 예상치 못한 트러블이니까……."

"브래지어를 안 입은 것도, 전교생이 눈치챘단 말이에요!"

"……멀리서 봤을 뿐이니까 세이프 아닐까?"

"완벽한 아웃이에요! 체육관 모니터에 확대되어서 비쳤다고요! 다들 브래지어도 안 걸치고 연설하는 바보 여자라고 생각하고 있을 거예요!"

아웃인가……. 그러고 보니 커다란 모니터가 있긴 했어.

"지나간 일로 뭘 어쩌겠어. 그냥 넘어가자."

"당신의 그런 면이 정말 싫어요……. 흥…… 뭐, 야스미 씨가 주위 사람들에게 어떻게 여겨지든 제가 알 바 아니지만요."

카에데는 고개를 돌리고 집에 돌아갈 준비를 하기 시작했다.

바로 그때, 유우코 누나가 말을 건넸다.

"카에데, 잠깐만 있어봐."

"왜 그래요?"

"치아키와 함께 쇼핑하러 가. 쟤는 여자애에게 뭐가 필요한지 모르잖아."

"뭐……."

카에데는 싫어 죽겠다는 표정으로 나를 쳐나봤다.

그런 여동생에게, 나는 손바닥을 맞대며 애걸복걸했다.

"잘 부탁해!"

"……하아. 알았어요. 여자로 사는 데 필요한 것을 준비하러 같이 가요."

카에데는 체념한 듯이 고개를 푹 숙였다.

"동급생 여자애를, 두 번 다시…… 오늘 같은 꼴로 등교시킬 수는 없으니까요."

야스미 치아키와 야스미 카에데. 형제자매인 둘이 함께 쇼핑하러 가게 됐다.

몇 년 만인지 모를 기묘한 상황이었다.

집에 돌아가서 외출 준비를 한 후, 가장 가까운 역에서 전철을 타고 우리가 향한 곳은 코시가야에 있는 쇼핑몰이었다.

역에서 내리자마자 보이는 그곳을 향해 자매는 함께 걸어갔다.

트레이닝복 차림에 야구모자를 쓴 나는 들뜬 기분으로 걸음을 옮겼다.

그리고 주위를 두리번거리면서 말했다.

"날씨 참 좋네~! 데이트하기 딱 좋은 날이야! 안 그래? 카에데!"

"…………."

카에데는 친근한 언니를 완전히 무시하더니 성큼성큼 걸음을 옮겼다.

"어이~ 카에데."

"…………."

"카에데~."

성큼성큼 앞으로 나아가던 카에데는 갑자기 우뚝 멈춰서더니 나에게 등을 보이면서 말했다.

"······무슨 일이죠?"

"혼자서 너무 앞서가지 마. 오래간만에 남매 데이트니까, 나란히 걷자."

"데이트 아니에요. 피치 못할 사정이 있어서 같이 쇼핑을 왔을 뿐이거든요?"

"손잡을래~?"

"안 잡아요."

쌀쌀맞기 그지없었다.

"자, 가죠. 싫은 일은 빨리 끝내는 편이 좋아요."

카에데는 그렇게 말했지만 걷는 속도를 떨어뜨렸다.

『카에데는 여자애에게 상냥하다』는 예상이 정답인 걸지도 모른다.

"우선 야스미 씨의 옷부터 사죠."

여성복 판매장에 도착하자ㅡ.

"제가 전부 고를 건데, 괜찮죠?"

"아~ 전부 부탁해······. 어차피 잘 모르거든."

"그럼, 탈의실 앞에서 기다리세요."

"응."

풋내기 여자애인 나는 베테랑 여자애가 시키는 대로 할 수밖에 없다.

옷을 척척 고르는 여동생을 멀찍이서 쳐다보며, 얌전히 기다리고 있었다.

그러고 있을 때 카에데가 옷 몇 벌을 가지고 왔다.

"야스미 씨, 이 옷을 입어봐 주세요."

털썩.

"응."

"이것과 이것도요."

털썩털썩.

"알았어."

"그리고, 이것과 이것과 이것도…… 입어 보세요."

털썩털썩털썩.

"……옛썰."

옷을 계속 넘겨받은 탓에, 나는 약간 압도당했다.

탈의실에 들어간 후 커튼을 쳤다.

"사이즈는 어떤가요?"

"전부 딱 맞아. 대단하네……. 이 몸이 된 후로 사이즈를 잰 적이 없는데, 용케……."

"우연일 뿐이에요. 눈짐작으로 고른 게 우연히 딱 맞았을 뿐이죠. 그것보다, 저한테도 보여주세요. 야스미 씨의 판단만으로는 확실치 않으니까요."

"응."

나는 단숨에 커튼을 걷어서 예쁘게 꾸민 모습을 카에데에게
보여줬다.

"짜자~안! 어때~? 귀엽지~?"

그리고 진심으로 자랑했다.

상대는 카에데니까 「별로네요」나 「아뇨」 같은 부정적인 말을
하리라고 생각하면서 말이다.

"네. 잘 어울려요."

"……그, 그렇구나. 고마워."

카에데가 진심으로 칭찬해 주자 좀 당황했다.

아…… 얘는 정말 멋지네.

인기가 있을 만해.

갑자기 더워진 것 같은 느낌이 들었다.

나는 멋쩍은 마음에 여동생으로부터 눈을 돌린 후 자기 머리
카락을 만지작거렸다.

그리고 30분 넘게 시간을 들여서 모든 옷을 다 입어봤
고…….

"그럼 계산을 마치고, 『다음』으로 넘어가죠."

"뭐? 살 게 더 있어?"

"물론이죠."

"아까 고른 옷…… 전부 살 거야?"

"당연하잖아요. 여자애가 됐으니까, 최소한의 옷을 갖춰야해요."

"그렇구나~."

이게 최소한…….

여자애는 옷이 참 많이도 필요하구나.

나는 여동생을 따라서 여러 가게를 돌아다녔다.

마치 마네킹이 된 느낌이 들었다.

카에데는 마치 철저하게 예습이라도 한 것처럼 막힘이 없었고, 나에게 어울리는 귀여운 옷을 골라서 건네줬다. 그리고 시키는 대로 옷을 입고 보여주자.

"어른스러운 느낌이 참 잘 어울리는 것 같아요."

"이 조합이 요즘 유행해요."

"흐음…… 몸매가 좋으니, 뭐든 잘 어울리네요."

어…… 이건 꿈일까?

카에데가, 슈퍼~ 쿨하고 오빠에게 무지 엄격한 내 여동생이…….

나를 위해 진지하게 옷을 골라줄 뿐만 아니라, 진심으로 칭찬해 주고 있다.

순정 만화의 왕자님 같은 아름답기 그지없는 얼굴로 말이다.

쇼핑몰 입구에서 내가 농담 삼아 했던 말처럼…….

이건 완벽한 데이트 아냐?

아니면 여자애끼리의 쇼핑은 원래 이런 거야?

"으음……."

"야스미 씨, 왜 그러세요?"

되게 태연하네. 나만 멋쩍어하는 것 같아.

나는 얼버무리려는 듯이 말했다.

"아까부터 비싼 옷만 사는 것 같아서 말이야."

"신경 쓰지 마세요. 유우코 언니한테 돈을 받았거든요."

"그, 그렇구나."

계산할 때 지갑에서 돈을 꺼내는 사람도 카에데였잖아.

슈퍼 미소녀가 슈퍼 미소녀에게 고가의 옷을 팍팍 사주고 있는, 그런 정체불명의 광경.

그 광경을 본 가게 점원들은 어떤 상상을 했으려나……?

"다, 다음! 다음에는 어디 갈 거야?"

"그래요……. 다음에는……."

쭉 쿨하고 진지한 표정을 유지하고 있던 카에데가 난처한 듯이 눈썹을 살짝 찌푸렸다.

"……속옷 매장, 이에요."

어제까지 남자였던 내가, 여동생과 함께 속옷 매장에서 쇼핑을 한다.

아무리 낙천적인 나라도 거북하기 그지없는 상황이다.

"……그럼, 아까와 같은 방식으로 가죠."

"라져."

너무 거북한 나머지 스파이 같은 대화를 주고받았다.

나는 탈의실 앞에서 대기.

카에데는 볼을 붉힌 상태에서 신속하게 내 브래지어와 팬티…… 등을 고르고 있었다.

점원분이 참견할 여지조차 주지 않는 기세였다.

이윽고 돌아온 여동생은 부끄러워하며 그것을 내밀었다.

"야스미 씨…… 자요."

"으, 응."

최소한의 대화를 나눈 후, 커튼을 쳤다.

이대로 담담히 속옷 구입 미션을 끝내자.

그렇게 생각했는데…….

"……카에데, 미안한데 말이야."

"왜 그래요?"

"……혼자서 브래지어 못 차겠어."

"……윽."

커튼 너머에서, 카에데의 고뇌가 느껴졌다.

"제가…… 들어가서…… 도와드려도 될까요?"

"부탁해."

미안한 마음으로 승낙하자 카에데는 눈을 꼭 감은 채 탈의실 안으로 들어왔다.

"야스미 씨…… 뒤돌아, 서주세요."

"응."

뒤돌아서자 눈앞에 있는 거울에 속옷 차림인 야스미 치아키가 비쳤다.

그 뒤편에 있는 카에데의 모습도 말이다.

"……자, 다됐어요."

"위화감이 어마어마한데…… 이렇게 입는 게 맞는 거야?"

"눈을 감고 있긴 하지만! 아마 맞을 거예요!"

"으음…… 눈 좀 뜨고 확인해 주지 않을래? 이상하게 입은 게 분명해. 엄청 갑갑하거든."

"…………."

카에데는 깊이 고민하는 것 같았지만, 이윽고 그녀가 눈을 뜨는 모습이 거울 너머로 보였다.

"……제대로 입있어요. 위화감에는…… 곧 익숙해질 거예요."

"그렇구나……."

여성용 의류는 전체적으로 착용하면 위화감이 느껴지는구나.

그런 한편으로 하나같이 귀여워서 걸치기만 해도 즐겁다.

마치 변신이라도 하는 듯한 이런 감각은 이제까지 느껴본 적 없는 것이다.

나는 거울에 비친 자기 모습을 보면서—.

"카에데, 어때? 어울려?"

그렇게 물은 순간, 쿵! 소리가 들려왔다. 여동생이 벽에 박치기를 날린 것이다.

"갑자기 왜 그래?!"

"아무것도 아니에요. 옷 다 입으면 불러주세요."

"으, 응……."

카에데는 방금 아무런 기행도 안 했다는 태도로 그렇게 말했다.

……대체 왜 이러는 거지?

"남은 속옷은 집에 가서 입어 보세요. ……그리고, 이제 안 도와줄 거예요."

"……이마, 빨개졌네."

"……흥."

카에데는 아무 말 없이 아이스팩을 이마에 댔다.

참고로 이 휴대 아이템은 카에데의 필수품이 되어 앞으로 오랫동안 애용하게 된다.

쇼핑몰에서 필요한 물건을 전부 산 우리는 종이가방을 들고 집으로 향하고 있었다.

참고로 나는 첫 가게에서 고른 옷을 지금 입고 있었다.

"오늘은 즐거웠어~!"

"제정신이에요? 인생 최악의 날일 것 같은데요."

"나한테는 최고의 날이야. 여동생과 함께 쇼핑하고, 나란히 마을을 걷고 있잖아. 반가운 느낌이 들어."

"…………."

카에데에게 있어서는 재난일지도 모르지만…….

내가 남자라면 오늘을 이렇게 보내지 못했을 것이다.

"야스미 씨…… 쇼핑이나 새 옷 같은 데는 관심이 없지 않았어요?"

"어제까지는 그랬을지도 몰라."

이렇게 여자가 되어서…….

새 옷을 입고 마을을 거닌다.

그게 전부인데 이렇게 기쁘다.

신선한 기쁨이 내 텐션을 끌어올려 줬다.

바로 그때였다.

갑자기 누군가가 우리를 막아섰다.

"안녕~."

"우리와 같이 놀지 않을래?"

체격 좋은 두 남성이었다. 보아하니 고등학생…… 아니면 대학생일까?

"이, 이건…… 혹시……."

마을 안을 걷다 보니 갑자기 이성이 말을 걸어온다.

"헌팅이라는 거 아냐~?!"

나는 무심코, 눈을 반짝이고 말았다.

"우효~! 카에데, 어쩌지?! 나, 태어나서 처음으로 헌팅 당해봐~!"

"남자한테 헌팅을 당한 게 그렇게 기쁜가요?"

여동생이 쌀쌀맞은 눈길로 쳐다봤다.

"솔직히 심정이 좀 복잡하긴 하네! 그래도 신선한 체험이긴해! 우와~ 우와~ 우와~, 진짜로 이런 대사를 늘어놓는구나~!"

흥미에 찬 눈길로 남자들을 관찰하고 있을 때 손목을 잡히고말았다.

"어이, 사람을 가지고 노는 거냐?"

"아, 미안해."

완전히 동물원에 온 기분이었다.

그런 태도로 쳐다봤으니 상대방이 불쾌함을 느껴도 이상할게 없다.

"미안하다고 생각한다면, 따라 와."

"훗, 그건 거절하지!"

이래 봬도 헬스장에 다니며 몸을 단련했다.

여자에게 인기를 얻으려고 말이다. 효과는 전혀 없었지만 말이지.

나는 남자에게 잡힌 손을 뿌리치려 했으나…….

—어. 이 자식, 나보다 힘이 세잖아.

허무하게 실패하고 말았다. 바로 그때, 초조함에 사로잡히며 눈치챘다.

"윽……!"

내 몸, 무지 약해졌잖아~?!

말도 안 돼…… 여자애는 이렇게 완력이 없는 거야……?

나는 아연실색했다. 그런 내가 겁을 먹었다고 여긴 건지, 남자들은 히죽거리면서 다가왔다.

하지만 바로 그때였다.

"으윽……!"

나를 대신해, 카에데가 남자의 손을 억지로 떼어냈다.

"이 사람을……."

그리고 상대의 몸을 밀쳐내더니 남자들을 막아섰다.

"건드리지 마."

마지막으로 결정타 삼아, 날카롭게 쩌려봐서…….

"저, 정색할 건 없잖아……!"

멋지게 헌팅남들을 쫓아냈다.

마치 순정 만화의 남자 주인공 같았다.

여동생에게 보호받았다.

어제까지의 야스미 치아키였다면 굴욕적으로 여겼을 상황이다.

하지만 지금의 나는 그렇게 생각하지 않았다.

그저, 그저…….

"야스미 씨…… 괜찮나요?"

"……으, 응."

멋지게 자신을 구해준 카에데를 향해 그저 고개를 끄덕일 수밖에 없었다.

우와……아…….

어떻게 된, 거야……. 가슴이…….

일사병에 걸린 것처럼 달아오른 얼굴의 열기는 처음으로 당한 헌팅보다 훨씬 신선했다.

그리고 강렬한 가슴의 아픔은 상상했던 **두근거림**과는 명백히 달라서…….

그 정체를, 눈치채지 못했다.

훌쩍, 하며 눈물을 흘렸다.

"저, 저기…… 그렇게 무서웠어요? 아아…… 야스미 씨, 울지 마세요…… 어쩌지."

"……딱히, 그런 건, 아냐."

무서워서도, 안심해서도, 굴욕을 느껴서도 아니다.

이유는 모른다.

그런데 눈물이 쉴 새 없이 흘러나오더니…….

"앗…… 팔, 부었네요. 식혀야겠어요. 짐은 제가 들게요…….
걸을 수 있겠어요?"

소리 없는 절규가 뇌리에서 계속 터져 나오고 있었다.

그 후에 어떻게 집에 돌아왔는지는…… 기억하지 못한다.

얼이 나간 것처럼 머릿속이 멍했던 탓이다.

"어이어이…… 예상 밖인 것도 정도라는 게 있거든?"

현관에서 우리를 맞이한 유우코 누나는 눈을 동그랗게 뜨며
놀랐다.

"너희가…… 손을 잡고 돌아오다니 말이야. 대체 무슨 상황
이야? 고등학교 생활 첫날에, 사이좋게 술이라도 한잔 한 거
야?"

"그, 그럴 리가 없잖아요……. 피치 못할 이유가 있어서 이러
는 거예요."

카에데는 얼간이가 된 내 손을 꼭 움켜쥐며 변명했다.

"저기, 야스미 씨가…… 몸이 안 좋아져서요."

"흠……."

유우코 누나는 얼이 나간 나를 쳐다본 후 현관 앞에서 떠나는

차를 쳐다봤다.

"그래서 택시를 타고 돌아온 거야?"

"맞아요. 병원에 데려가는 것보다, 유우코 언니에게 봐달라고 하는 편이 좋을 것 같았어요."

"올바른 판단이야. ……하지만, 이건…… 어이, 치아키."

유우코 누나는 나에게 귓속말로 이렇게 말했다.

"여자에게 인기 있는 게 꿈이고, 그 첫 타깃이 카에데─라고 의기양양하게 말했었지?"

─이 유우코 누나가 나이스 서포트한 거 아냐?

내가 제정신이었다면 혹은 훨씬 나중의 나였다면…….

「아냐! 이게 아니라고!」한 뒤 고함지르며 부정했을 것이다.

「내가! 카에데를! 두근거리게 만들고 싶은 거야!」하면서 말이다.

하지만 지금의 나는 생전 처음 느끼는 감각 탓에 얼이 나가 있었다.

우리들, 쌍둥이의 고등학교 생활.

기념비적인 그 첫날의 밤은 이렇게 깊어만 갔다…….

순식간에, 고등학교 생활 둘째 날의 아침이 찾아왔다. 아니면 이렇게 말해도 될 것이다.

여자가 되고 맞이한 둘째 날 아침, 이라고 말이다.

"으~~~음! 잘 잤다~!"

자, 오늘 하루도 열심히 살아야지!

커튼 사이로 스며드는 아침 햇살은 참 따뜻했다.

아무래도 어제 기억이…… 쇼핑을 마친 후의 기억이 어렴풋하지만…….

뭐! 깊이 생각해선 안 될 것 같은 느낌이 드네!

새 잠옷의 감촉을 즐기며 세면장으로 가서 세수한 후—.

"……아."

"……윽."

카에데와 딱 마주쳤다.

"좋은 아침이야, 카에데!"

나는 평소와 마찬가지로 친근하게 인사를 건넸다.

평소의 카에데라면 내 말을 무시하거나 쌀쌀맞은 눈길로 노려봤을 것이다.

하지만, 오늘의 카에데는—.

"……몸은 이제 괜찮나요?"

상냥해! 평소와 달라!

어째서? 잃어버린 기억 속에서, 대체 무슨 일이 있었던 거야……?

나는 약간 당황하면서…….

"으, 응……. 컨디션 끝내줘."

"그런가요."

냉담한 목소리로 그렇게 대답한 카에데는 내 옆을 지나쳤다.

그 쌀쌀맞은 목소리는 평소 익히 듣던 것이었기에…….

오히려 안심됐다.

그 후에는 거실에서 아침을 먹는다. 야스미 가의 식사는 당번을 정해 돌아가면서 한다.

오늘 아침 메뉴는 여동생의 수제 샐러드와 수프다.

유우코 누나는 집에 돌아오지 않는 날이 많은 편이지만 오늘부터는 함께 식사할 기회가 늘어날 것이다.

"하암…… 평소 같으면 이제부터 잠자리에 들 텐데 말이야~. 설마 이 나이가 되어서 학교에 다니게 될 줄은…… 인생이란 건 참 알다가도 모르겠네~."

누나는 졸린 눈길로 그렇게 말했다.

카에데는 식사하면서 나와 한 마디도 대화를 나누지 않았다. 그리고 나를 피하는 것처럼 먼저 집을 나섰다.

평소 같으면 억지로라도 같이 등교하려 했을 것이다.

하지만 왜 그러지 않았냐면—.

"끄응…… 끄응…… 젠장, 이 브래지어란 녀석은……! 정말 걸치기 어렵네!"

"치아키, 너…… 상상을 초월할 정도로 손재주가 없구나. 이 딴 건 그냥 대충 걸치면 되잖아."

아니, 경우가 다르다고.

사이즈적인 의미에서…….

가슴 크기에 따라…… 꽤나, 꽤나…… 착용 난이도가 다르지 않으려나……? 유우코 누나는 브래지어를 차려다가…… 출렁, 하면서 특정 부위가 밖으로 흘러나오는 일…… 없지?

물론, 그런 목숨 아까운 줄 모르는 대사를 입에 담지는 않았다.

"크아~! 누나, 입혀줘!"

"하아, 어쩔 수 없네……."

한동안은 수행의 나날이 이어질 것 같다.

아무튼…….

어찌어찌 준비를 마친 나는 어제 입었던 것보다 사이즈가 큰 교복을 입었다.

입학식에서 입었던 것과 마찬가지로, 학교 측으로부터 빌린 것이다.

나에게 딱 맞는 교복이 나오려면 한 며칠 걸릴 것이다.

나는 단풍나무 가로수길을 지나며 서둘러 등교했다.

"좋은 아~침!"

"야스미 양, 좋은 아침!"

"어제, 인사 끝내줬어~."

남자 여자 가리지 않고 엄청 호의적인 반응을 보였다.

내가 다 당황할 정도였다.

"오오……?"

이제까지의 인생에서 가장 친근한 아침 교실일지도 모른다.

물론 남자 중학생 시절의 야스미 치아키 또한 전교생에게 사랑받는 학생회장이었다.

연애 면으로는 전혀 인기가 없었고 고백이나 러브레터나 새된 환성을 받은 적…… 또한 단 한 번도! 없지만 말이다!

그 기나긴 에피소드를 이 자리에서 공개하는 것도 좀 그러니, 근거는 이야기하지 못하지만…… 사람들이 나를 따랐다는 것만은 자부했다.

그것도 그럴 것이, 일본 제일의 남자였던 것이다.

하지만…… 하지만 말이다.

과거에 『나』에게 말을 거는 학생들은 이렇게 행복한 미소를 짓지 않았다.

처음 대면한 시점에 「오오, 왠지 엄청 호감을 보이는 것 같은데~?」란 생각이 강렬하게 든 적은 없었다.

"이, 이게 미소녀 파워인 걸까?"

끝내줘~.

후…… 후후, 후하하핫! 멋져! 압도적이잖아!

이것이 새로운 나, 뉴~ 치아키의 매력이야……!

즉, 겉모습 이즈 파워! 이것이야말로 세상의 절대 법칙······!

"카에데도 괜히 겁주기는······."

브래지어도 안 걸치고 연설하는 바보 여자라고 생각하고 있을 거예요─라고 해서, 좀 긴장했는데 말이다.

아무 문제없다. 아니, 첫날부터 반의 인기를 독점할 수 있을 것 같다.

크크큭······ 후후후······.

잘 보거라, 카에데! 내 여동생이자 호적수여!

1학년 1반은 네가 아니라 바로 나, 야스미 치아키 님께서 지배하겠노라!!

"다들, 다시 인사하겠어. 야스미 치아키라고 해! 앞으로 잘 부탁할게!"

훈훈한 환영을 받으면서 미리 파악해 둔 자기 자리로 나아갔다.

참고로 내 자리는 카에데의 대각선 뒤편인데······.

"카에데 님! 저기······ 그게······ 저, 예전부터 당신을 동경했었어요!"

느닷없이 여자애에게 고백을 받고 있네~?!

어? 어? 어어~?

방금 『카에데 님~』라고 불린 거야?!

안 부끄러워???

나는 앙심 섞인 눈길을 보냈다.

카에데는 새빨간 장미 모양의 이펙트가 사방에 생겨날 듯한 늠름한 태도로 말했다.

"고마워요. 저를 예전부터 알고 있었나요?"

"아앗, 초면인데 친한 척해서 죄송해요! 작년 부 활동 시합으로 원정갔을 때…… 당신을 보고…….."

"그래요……. 그래서 눈에 익었던 거군요."

카에데는 가슴이 콩닥거리고 있는 여자애를 향해 상냥한 미소를 지어 보였다.

그것만으로 그 상대는, 펑 하고 폭발할 것처럼 얼굴을 새빨갛게 붉혔다.

그리고—.

"꺄아~~~♡"

새되고 달콤한 비명을 질렀다.

이 내가, 평생 단 한 번도 접한 적 없는 반응이다.

그 일을 계기로 카에데의 주위에 여학생들이 몰려들었다.

「앗~, 너만 약았어!」에, 「나도, 나도!」에…….

「카에데 님, 제가 팬클립을 만들게요!」까지…….

이게 뭐야~? 나, 자리에 못 앉겠거든~?

"끄으으응……!"

나는 셔츠 앞섶을 힘껏 움켜쥐었다.

……가슴이 부글부글 끓었다.

친숙한 패배감이 느껴져…….

"여러분, 1년 동안 잘 부탁드려요."

카에데가 그렇게 인사를 건네자, 아이돌 콘서트를 연상케 하는 커다란 환성이 교실을 뒤흔들었다.

이 나를 제쳐두고 카에데가 이 반을 완전히 지배하려 하고 있었다.

중학생 때와 마찬가지로 말이다.

"이, 이럴 수가……."

마찬가지로 초절정 미소녀가 됐으니 조건이 대등해진 것 아니었어……?

납득이 안 돼……. 어째서 쟤는 이렇게 여자한테 인기 있는 건데!

아직 아무것도 안 했잖아!

멋진 연설을 한 나보다 인기 있다니…… 이상하지 않아?

『매료』 마법이라도 썼어?

여자애한테만 통하는 페로몬이라도 뿜고 있는 거 아냐?!

"카에데 양, 저야말로 잘 부탁해요!"

"나, 카에데 님과 같은 반이 되어서 정말 기뻐~!"

"죄송하지만…… 부끄러우니까…… 너무 만지진 말아 주세요……."

"부끄러워하는 모습도 귀여워~♡"

크억~ 오늘은 평소보다 더 속이 끓어올라!

신생 『야스미 카에데 팬클럽』이 결성되는 모습을 나는 볼을 부풀린 채 보고 있었는데—.

"그런데, 어제부터 계⋯⋯속 신경 쓰였는데 말이죠!"

"야스미란 성을 가진 사람이 이 반에 두 명 있잖아?"

느닷없이 내가 연관된 이야기가 시작됐다.

"그건⋯⋯."

카에데의 왕자님 같은 얼굴에 미세한 균열이 생겼다.

설명하기도 싫어, 라는 분위기였기에⋯⋯.

"사촌 사이에요."

"같이 살아."

나는 그대로 그 집단에 끼어들었다.

그리고 카에데의 옆에 서서—.

"자매나 다름없는 사이야."

여동생의 어깨에 손을 얹었다.

"내 말 맞지? 카에데."

"⋯⋯⋯⋯⋯."

왜 그렇게 인상을 쓰는 거야?

아까까지 그렇게 시끌벅적하던 주위는 내 등장과 동시에 정적이 감돌았다.

다들 카에데의 말을 기다리고 있는 것 같았다.

카에데는 잠시 우물쭈물하더니 자기 어깨에 놓인 내 손을 슬며시 떨쳐냈다.

마치 어깨에 붙은 먼지라도 털어내듯 말이다.

그리고—.

"저기…… 야스미 씨와는, 여러분과 마찬가지로 만난 지 얼마 안 됐어요. 자매 같은 사이가 될 수 있을지는…… 아직 모르겠군요. 함께…… 즐거운 학교생활을 할 수 있으면 좋겠다고, 생각해요."

야스미 치아키와 친하단 말은 하고 싶지 않다. 그러면서 이 자리를 무난하게 수습하고 싶다.

그런 의도가(나에게만!) 똑똑히 전달되는 그런 발언이었다.

훗, 부끄럼쟁이구나.

카에데의 의도는 반 친구들에게 전해지지 않는다.

이 자리의 정적이 가시더니…….

"우와아~, 미소녀 자매네~ ♪"

"한 반에 왕자님과 공주님이 다 있다니, 기적이야…….'

"어~, 왜 야스미 씨라고 부르는 건데? 재미있네~."

그런 다양한 리액션을 보이기 시작했다.

참고로 카에데가 나를 『야스미 씨』라는 남자한테 쓸 법한 호칭으로 부르는 것이 좀 걱정됐는데…… 『재미있네~』라고 말하며 넘어가는 것 같다.

여고생들은 매사에 너무 대충대충인 것 아냐?

"성이 같은 사람이 두 명이니까, 어떻게 부를지 고민이네."

"『카에데 님』과 『야스미 씨』면 괜찮지 않을까?"

내버려뒀다간 진짜로 그렇게 부를 것 같아서 나는 허둥지둥 끼어들었다.

"그렇게 부르지 마."

"어~, 왜~?"

"그건…… 으음…… 카에데에게만 허락된 『특별한 호칭』이거든."

나는 여고생에 걸맞은 그런 대충대충인 이유를 늘어놨다.

"그러니 나는 부디 치아키 님이라고—."

"꺄아~~~~~~~~~~!!"

끄악~ 고막이 터질 뻔했어.

내가 이으려던 말은 여고생들의 환성에 삼켜지고 말았다.

"『특별한 호칭』이래! 존귀해~!"

"그럼~, 우리들 평범한 사람은 치아키 양이라고 부를게!"

"잘 부탁해, 치아키 양~."

"……아, 응……. 잘…… 부탁해."

나도 『텐션이 하늘을 찌를 것 같다』는 말을 자주 듣는 편이지만…….

무리 지은 여고생의 슈퍼 하이 텐션에는 따라갈 수가 없다…….

저항한 보람도 없이 학교에서의 내 호칭은 『치아키 양』이 되고 말았다…….

같은 반 여자애들의 호기심은 줄어들 줄을 몰랐고 질문은 계속 이어졌다.

"입학식 때의 인사말인데, 대체 어떤 의미야?!"

"남친 모집 중~?"

"여친도 오케이라는 소리 했었지?"

하나같이 기세가 어마어마해서 움츠러들 것 같지만…….

이것만은 딱 잘라 말해둬야만 한다.

내 꿈을 이루기 위해서라도 말이다.

"나는, 이제까지 사랑을 해본 적이 없어. 그러니 고등학교에서는 적극적으로 연애를 해볼 생각이야."

"흠흠."

"그렇구나~."

여자애들은 내 말을 경청해 줬다.

솔직해서 좋네.

주위를 힐끔 쳐다보니 남자애들도 엿듣고 있는 것 같았다.

"사랑을 해본 적이 없어서, 내 연애 대상도 몰라. 나는 여자지만……."

원래는 남자였거든.

"여자애에게 가슴이 뛸지도 모르잖아."

"와아~."

"그래서 그런 인사를 한 거구나~."

좋아. 적절하게 그 인사의 보충 설명을 한 것 같네.

"그러니, 첫사랑을 열심히 찾고 있는 나를 잘 부탁해."

연인 모집 중이에요! 마구 떠받들어도 돼요!

그런 의도를 담아서 한 말이지만 반 친구들의 반응은 미적지
근했다.

남자들도, 여자들도, 다들 하나같이 「흐음~」이라 말하는 듯
한 반응을 보이면서, 자기와 상관없는 세상의 일이네…… 같은
표정을 짓고 있었다.

자기들이 당사자란 의식이 전혀 없네.

전교생이 바로 나, 야스미 치아키 님의 영광스러운 연인 후보
인데도 말이다.

하지만 그 이유는 곧 발각됐다.

한 여자애가 반 친구 전원을 대변하듯 이렇게 말한 것이다.

"그럼 잘됐네, 치아키 양."

"응? 뭐가?"

"이 학교에서 가장 멋진 사람과, 한집에서 살고 있잖아?"

"…………."

"첫사랑, 금방 하게 되지 않겠어?"

"………………………"

대화 중인데도 불구하고 부자연스럽게 작동 정지 상태가 된 나는, 60초 동안 꼼짝도 하지 않았다.

처음 10초 동안은 눈곱만큼도 고려하지 않았던 발상이어서였다.

다음 40초 동안은 카에데와 러브러브 커플이 된 자신을 상상한 탓에, 정체불명의 정신적 부하가 가해진 탓이었다.

그리고 마지막 10초는…… 납득해서였다.

이 반 학생들은 우주 최고 레벨의 미소녀인 야스미 치아키 양과 자신이, 연인 사이가 된다는 발상 자체를 못 하고 있었다.

슈퍼 울트라 왕자님 계열 미소녀인 카에데라면 어울리겠네~, 라고만 생각하는 것이다.

이건 좋지 않다. 좋지 않다고…….

내가 이 반에서 사랑받는 미래 예상도가 무너지고 있다…….

이마가 땀이 젖은 나는 위기감에 사로잡혔다.

그런 내 옆에 있던 카에데가 조용히 자리에서 일어났다.

"죄송하지만, 잠시 자리를 비우겠어요."

그녀는 장미 같은 효과를 짊어진 채 문 쪽으로 향했다.

"……저와 야스미 씨는, 여러분이 생각하는 그런 관계가 아니에요."

"그녀가, 저에게 반할 리…… 없으니까요."

우수 어린 눈길을 머금으며 그렇게 중얼거린 후 카에데는 어딘가로 가버렸다.

아아…… 정말 멋지게 퇴장했지만…….

아마 여자애들에게 둘러싸인 바람에 거시기가 생겨난 걸 거야.

어이…… 너, 너무 지조 없는 거 아냐……?

이렇게, 여동생의 하반신을 걱정하는 내 표정은 과연…….

반 친구에게, 어떻게 보인 것일까.

"고귀하기 그지없는 엇갈림……."

"카에데 님……. 안타까워……."

"존귀해~!"

그녀들은 나와 전혀 다른 광경이 보인 것 같았다.

이 녀석들은 대체 뭐야.

그리고 교실을 나서는 카에데와 엇갈리듯 한 여학생이 안으로 들어왔다.

"좋은 아침~!"

교복을 흐트러지게 입은 그 소녀는 환한 미소와 색기를 흩뿌리면서 이쪽을 향해 곧장 걸어왔다.

열다섯 살답지 않은 풍만한 육체.

풍기는 오라 또한 연예인 못지않게 화려했다.

자유분방함과 좋은 성장환경이 모순되지 않으며 잘 어우러진 그 풍모는, 그야말로 학급 신분 제도 최상위 여자애의 관록이라고 할 수 있을 것이다.

늠름함으로 여성을 매료시키는 카에데와는 다른, 남성을 강력하게 끌어당기는 타입의 미소녀다.

어마어마하게 **눈에 익은** 그녀는 자리에 앉아 있는 내 앞에서 멈춰서더니 얼굴에서 표정을 지웠다.

그리고 다른 이들에게 등을 보이면서 나를 차가운 눈길로 내려다본 그녀는, 나에게만 들리는 목소리로―.

"저기…… 너, 좋은 말로 할 때 따라와."

불량배가 나를 괴롭히려고 부르는 걸까?

나는 두근거리는 가슴을 안고 인적 없는 여자 화장실로 끌려갔다.

이 순간이 바로, 여고생 2일째의 최대 난관이다.

그건 알고 있지만…….

『우와아~, 만화에서 본 광경이야~!』

『진짜로…… 이런 일이 일어나는구나!』

……하면서 첫 체험의 감동에서 벗어날 수 없었다.

분명 내 눈은 찬란히 빛나고 있을 것이다.

"……왠지, 즐거워 보인다?"

미심쩍은 눈길로 나를 쳐다보는 불량배―란 표현은 옳지 않다.

분명 그녀는 나를 괴롭히려고 이러는 게 아니다.

"그, 그렇지 않거든?"

"흐음, 뭐…… 됐어."

이렇게 말하면, 짐작이 되려나.

그녀의 이름은, 니시아라이 메이.

"……그런데, 너는 대체 뭐야?"

우리 쌍둥이를 잘 아는 소꿉친구이자…….

중학생 시절, 야스미 치아키 회장 정권하에서 학생회 부회장을 맡았던—.

나의 믿음직한 파트너다.

여자 화장실에서 나는 옛 부하에게 추궁을 당하고 있다.

아무리 파트너라고 해도 함부로 비밀을 털어놓을 수는 없다.

우선 견제 삼아서 시치미를 뗐다.

"『뭐야』라니, 무슨 소리지? 나는 야스미 치아키. 야스미 카에데의 사촌이며, 먼 곳에서 살고 있었는데, 이 학교에 다니기 위해 앞으로 3년 동안 한집에서 살 거야."

"내가 듣고 싶은 건, 그런 아무래도 상관없는 일이 아니야!"

"그럼, 뭐가 듣고 싶은 건데?"

"너는 누구야? **치이**는 어떻게 된 거야?"

메이의 목소리에는 분노와 의심, 그리고…… 숨길 수 없는 걱정이 섞여 있었다.

그럴 만도 했다. 메이가 보기에 지금 상황은 불가사의하기 그지없을 것이다.

소꿉친구이자, 절친의 오빠이며, 경애하는 예전 상사이기도 한 야스미 치아키가 어느 날 갑자기 사라지더니…….

동성동명의 여자애가 나타났으니 말이다.

마치 무시무시한 도시 괴담 같은 일이다.

그런 상황에서 딱 봐도 원흉 같은 나에게 직접 따지고 있는 것이니까…….

백문이 불여일견.

니시아라이 메이는 이런 애다.

마음이 아픈걸. 이 뜨거운 우정에 거짓말로 답해야 한다니 말이야.

"치, 치이……."

자기 입으로 자기 애칭을 말하려니 정말 부끄러운걸.

나는 기묘한 시추에이션에서 사고력이 저하되는 것을 느끼면서도…….

멋진 변명을 입에 담았다.

"어느 날 갑자기, 오스트레일리아로 유학을 떠난 것 같아."

"뭐…… 어, 어째서야?"

"……코알라를, 좋아하거든."

"아…… 가능성 있네."

메이는 납득했다.

왠지, 방금 리액션은 좀 너무하단 느낌이 드는데 말이지.

"치이…… 치아키와 네가 동성동명인 이유는 뭔데?"

"우연이야."

"……그 말에 납득할 것 같아?"

"달리 할 말이 없거든. 훗, 이 나와 동성동명이라니, 카에데의 오빠란 자는 꽤 멋진…… 사내 중의 사내였겠지!!"

"언동도 판박이네……."

메이는 나를 구석구석까지 뜯어봤다.

큰일 났다……. 의심하고 있어…….

아직 『예전 상사가 여자로 변했다』란 생각은 못 한 것 같지만…….

나는 시치미와 흥미가 반반씩 섞인 말투로 예전 부하에게 물어봤다.

"그 슈퍼 미남 학생회장은 전교생에게 사랑받았을 것 같은데 말이야."

"바보 전하라고 불렀어."

"뭐…… 진짜야?"

처음 듣거든?

"뭐, 전교생에게 사랑받은 건 틀림없을 거야. 일 잘하는 코알라 같은 느낌이었달까?"

"흐, 흐, 흐~음…… 그렇구나……. 교내에서의 인상이 코알라…… 사람과조차 아니라니…….'"

카에데는 『얼음 왕자님』 같은 식으로 불렸는데…….

이…… 이럴 리가…….

여러분! 대뜸 이런 이야기를 드려서 송구하지만……!

소셜 게임의 랜덤 박스로 폭사한 바람에 용돈을 탈탈 털렸는데…….

그런데도 도저히 포기할 수 없는, 그런 일을 경험한 적 있어?

나는 지금이 바로 그런 기분이야.

눈물을 필사적으로 참으면서―.

"치아키 오라버니는~, 그렇게 멋진데도~, 인기가 없다고 듣기는 했는데~."

추가로 랜덤 박스를 더 돌리듯, 그렇게 물었다.

"그 이유가 뭔지 알아?"

"바보라서야."

야! 두고 보자!

"……하지만 전교 1등에, 학생회 선거에서도 압도적 승리를 거뒀다며……?"

"유감이지만, 머리 좋고 유능한 바보도 있거든."

"끄으응……."

나는 언제 어느 때나 당황하지 말자는 주의였으나…….

보디 블로를 연달아 두들겨 맞은 것처럼 정신적 대미지를 받았다.

"하, 하지만! 고백을 단 한 번도 못 받은 건 이상하지 않아?! 웬만한 아이돌보다 훨씬 멋지다고! 그렇게 멋진 남자애가 같은 학교에 있는 거잖아? 교내에 『치아키님이 좋아!』 하는 여자애가 한 명 정도 있더라도…… 이상한 일은 아니지 않을까?"

"왜 그렇게 필사적인 건데?!"

"시끄러워! 교환 조건이야! 나도 이것저것 가르쳐줬으니까, 너도 알려달라고!"

"왜 『치이를 좋아하는 여자애가 한 명도 없었나』……라."

메이는 피식하고 심술궂은 웃음을 흘리더니, 한쪽 눈을 감았다.

"그런~ 정신 나간 애한테는 부회장인 내가 책임감을 가지고 『바보 회장과 사귀지 않는 편이 나은 이유』를 기르쳐줬거든."

"……너, 너…… 너……."

"피해자가 발생하기 전에, 전부 경멸을 느끼게 해줬어!"

자기가 생각해도 참 대단한 일을 했다는 것처럼, 메이는 만족스러운 표정을 지었다.

"네가 범인이었냐~!"

"우와앗! 뭐 하는 거야?!"

내가 멱살을 잡자 메이는 깜짝 놀랐다.

여자의 몸이 된 후로는 감정을 억누를 수가 없었다.

나는 멱살을 잡은 손을 부들부들 떨면서…….

"으그으으윽……! 너무해…… 너무해앳……!"

"대, 대뜸 울음 터뜨리지 마! 영문을 모르겠네!"

참고 있던 눈물이 터져 나온 바로 그 타이밍에—

"뭐 하는 거죠?"

힘차게 문이 열리더니 격렬한 눈보라가 휘몰아쳤다. ……아
니, 휘몰아치는 것처럼 보였다.

내가 눈물을 흘린 순간, 나타난 이는 바로 카에데였다.

그녀는 냉엄한 표정으로 주위를 둘러봤다.

"메이에게 끌려갔다는 말을 듣고, 급히 쫓아와 봤더니……
이게 대체 어떻게 된 건가요?"

나는 여동생의 팔에 매달리듯 꼭 끌어안은 후, 내 청춘을 잿
빛으로 만든 원흉을 가리키며 외쳤다.

"카에데에~! 얘가 날 괴롭혔어어~!"

"뭐어어어어어어어어어?!"

메이는 눈을 동그랗게 뜨며 놀랐다.

카에데는 그런 메이를 날카롭게 노려보면서―.

"메이?"

그렇게 이름을 불렀다. 그러자 메이는 흠칫하더니 항복을 표시하듯 두 손을 들었다.

"아냐, 아냐, 아냐! 아직 안 괴롭혔어!"

"그럼, 그녀는 왜 우는 거죠?"

"『바보 학생회장의 겉모습에 속은 불쌍한 여자애를 구해준 이야기』를 해줬더니…… 울음을 터뜨리네."

"……상상했던 것보다 백 배는 더 하찮은 이유군요."

하찮지 않거든?! 결단코, 하찮지 않아!

당시의 내가 사랑을 할 수 있었을지 없었을지는 제쳐두고…….

『중학생 시절, 여자애에게 고백받은 적이 있다』라는 인생의 실적은, 두 번 다시 획득할 수 없다고! 젠장…… 젠장…… 너무 하찮아…….

여동생의 팔을 꼭 끌어안으면서 원통한 눈물을 흘렸다.

바로 그때―.

"아앗, 그런 이야기는 아무래도 좋아!"

메이는 절박한 표정으로 카에데를 쳐다보며 언성을 높였다.

"카에데! 뭐가 어떻게 된 거야! 어제부터 쭉 내 연락을 무시했잖아! ……치아키가…… 치이가…… 나를 두고 유학을 떠나다니…… 거짓말이지?!"

"……미안해요. 이런저런, 일이 있었던 나머지…… 메이에게 설명하는 게 늦어지고 말았어요."

그렇게 말한 카에데는 침통한 표정을 지었다.

"저기…… 야스미 씨는……."

"응."

"오스트레일리아에서, 코알라에게 잡아먹혀 죽었어요."

뭐 그딴 어처구니없는 사망 원인이 다 있냐고……!

어이가 없네.

고등학생이 되어서 그딴 바보 같은 소리를 믿는 사람이 있을 리가—.

"으…… 흑…… 으흐흑……! 마…… 맙소사……."

있네?!

어? 설마, 혹시 나…… 그런 사망 원인도 충분히 **납득되는 애**라고 여겨지고 있는 거야……?

"어, 어이…… 카에데, 너 때문에 쟤가 울음을 터뜨렸잖아……!"

"하, 하지만…… 다른 적당한 말이, 생각나지 않았단 말이에요!"

"아무리 그래도 코알라에 잡아먹혔다는 건 아니잖아……. 개들은 초식 동물이라고……."

쌍둥이인 우리가 현실도피 삼아 그런 대화를 나누는 사
이…….

"으윽…… 우엥…… 우에에엥~~~~!!"

메이는 엉엉 울면서, 야스미 치아키의 죽음을 한탄했다.

"나…… 아직, 아직…… 걔한테……."

"아직 말 못했는데~~~~~~~~~~~~~~~ ~~~~~~~~~~~~~~~~~~~~~~~~~~~!"

어제부터 내 주위에서는 울고불고 난리 통이었다.

뜨거운 우정의 눈물이 우리 가슴에 죄책감을 새겼다.

나와 카에데는 서로를 쳐다보며 고개를 끄덕인 후…….

"메이! 미안해!"

"야스미 씨는…… 살아 있어요."

이리하여…….

고등학생 생활 2일째에 내 정체를 아는 이가 한 명 더 늘어나
고 말았다.

"……후에?"

메이에게 진실을 밝히기로 결심한 우리는 유우코 누나가 있는 보건실로 이동했다.

도저히 나중으로 미룰 수 없는 일이었기에, 어쩔 수 없이 고등학생 2일째에 수업을 무단으로 빼먹고 말았다.

어떤 긴급한 이유로 카에데는 자리를 비워야 해서 나와 메이는 단둘이 유우코 누나와 대면했다.

누나는 어린애 같은 태도로 메이를 올려다봤다.

"오래간만이야, 메이! 이야~ 못 본 사이에…… 꽤, 자랐는걸."

상대방의 가슴을 쳐다보며 무지 크네…… 같은, 어처구니없는 감상을 늘어놓고 있었다.

"유우 언니! 그런 건 됐거든?! 이게 대체 무슨 상황이야?! 치이가 살아있다는 게 무슨 소린데?!"

메이는 설명을 재촉했다.

몇 년 전에 『어린애 같으니까』라는 이유로 졸업했던 『치이』라는 호칭을 아까부터 계속 쓰는 것을 보면, 아직도 동요에서 벗어나지 못한 것 같았다.

하지만 그녀에게 밝힐 수 있는 건, 우리가 안고 있는 비밀 중에서 『야스미 치아키』에 관련된 것뿐이다.

카에데의 비밀은 설령 절친에게도 알리고 싶지 않을 테니 말이다.

유우코 누나는 우쭐대면서—.

"그렇다면 가르쳐주겠어! 천재 매드 사이언티스트인 내 실험으로…… 치아키는 여자로 변하고 만 거야!"

"치이가…… 여자로……?"

메이는 그 간결한 설명을 듣더니 어리둥절한 표정을 지었다.

무리도 아니다.

화려한 겉모습과 달리 지극히 상식적인 메이는…….

황당무계하기 그지없는 야스미 치아키의 현재 상황을 이해하지 못할 것이다.

나는 그런 그녀의 정면에 선 후 엄지로 내 얼굴을 가리켰다. 그리고 멋진 목소리로ㅡ.

"내가 치이야."

"…………."

"훗……. 믿기지 않는 심정도 이해는 돼."

"……친근하게 말 걸지 말아줄래? 유우 언니라면…… 그런 짓을 하고도…… 남긴 해. 그래도 네가 치이라니…… 머리 색깔도…… 얼굴도…… 완전히 다른데……."

메이는 나를 노려보며 그렇게 말했다.

그 친숙한 도끼눈이 기분 좋게 느껴졌다.

아니, 딱히 이상한 의미는 없다.

저런 눈빛을 머금은 이유가 야스미 치아키를 걱정해서라는 점이 느껴져서다.

"진짜로! 나야말로! 메이가 잘 아는 야스미 치아키가 틀림없다고!"

"그럼, 증거를 보여줘."

"즈, 증거라……. 나와 메이의 가족 구성이나 프로필을 말하면 돼?"

"사전에 조사해서 알 수 있는 건 증거가 못 돼!"

흠, 어떻게 한다.

내가 고민에 잠기자 유우코 누나가 의기양양한 목소리로 이렇게 제안했다.

"저기 말이야. 내가 메이를 남자로 바꿔버리면, 확실한 증거가 되지 않을까?"

"나이스 아이디어! 역시 유우코 누나!"

"우히히, 그렇지? 나도 새로운 실험체가 생겨서 좋잖아. 이걸로 다 해결되겠네."

"하나도 해결 안 되거든?! 믿지는 않지만, 만에 하나라도 그게 사실이면 최악이잖아! 남자가 된 모습을 치이한테 보여줄 순 없어!"

"쳇~."

"그럼 어쩌지?"

곤란해진 나는 메이 본인에게 그렇게 물었다.

그러자 그녀는 진지한 표정으로 잠시 침묵에 잠기더니…….

"진짜 치이라면…… 나를, 자~알 알 거야!"

……그런 소리를 늘어놨다.

"너, 지금 이 자리에서 『내 장점』을 말해 봐!"

메이는 가느다란 허리에 손을 대더니 가슴을 펴며 당당한 어조로 말했다.

"진짜인지 아닌지, 그 내용으로 판정을 내리겠어!"

"좋아!"

솔직히 말해 전혀 내키지 않지만 메이가 믿게 만들려면 그 방법밖에 없다.

나는 크게 한숨을 내쉰 후 약간 될 대로 되란 투로 말했다.

"완전 세련된 울트라 미인에, 몸매도 좋고, 공부도 잘하며, 운동도 잘하는 데다, 남자한테 무지 인기가 많은데도 여자에게 미움을 안 받을 뿐만 아니라, 친구도 무지 많고 모두에게 사랑받는 점."

숨이 턱까지 찼으니 일단 여기까지만 말했다.

이렇게 열거해 보니 정말 하이 스펙 그 자체지만…… 나는 알고 있다.

메이가 그것을 유지하기 위해 남들 몰래 피나는 노력을 하고 있다는 것을 말이다.

그야말로 야스미 치아키의 오른팔에 걸맞은 인물이다.

"흐, 흐~음…… 에헤헤…… 점점 진짜 치이일지도 모른단 느낌이 들어……. 아주 조금 말이야!"

부끄럼쟁이에, 칭찬에 약한 점도 좋다.

"더 있다고."

"뭐~? 정말, 어쩔 수 없네……."

메이는 발그레해진 볼을 손으로 누르더니…….

"……계속 말해봐. 약간 느린 페이스로."

주문이 되게 까다롭네.

"가족 이외의 여자 중에서 유일하게 카에데의 『매료』가 안 통하는 점. 태어난 직후부터 알고 지냈으며, 카에데뿐만 아니라 나와도 사이가 좋은 점. 상식적이며 적절한 조언을 해주는 점. 함께 걷기만 해도 선망에 찬 시선을 받으니까 기분 좋아지는 점. 고집이 약해서 끈질기게 조르면 결국 부탁을 들어주는 점. 남들이 하기 싫어하는 일을 솔선해서 맡아주는 점. 내가 죽었다는 말을 듣고 진심으로 울어주는 점―"

메이 이야기라면 얼마든지 할 수 있다.

나는 그 후로도 계속 이야기를 이어갔고…….

"……나는 대체 뭘 듣고 있는 거야……?"

얼굴을 붉힌 유우코 누나가 공허한 눈길을 머금었을 즈음…….

나는 이렇게 말했다.

"일단 생각나는 건 전부 말했어. 판정 결과는 어떻게 돼?"

"…………."

메이는 바로 대답하지 않았다.

그녀는 몸을 웅크리더니 양손으로 얼굴을 감쌌다. 술에 취한 것처럼 귀가 벌게졌다.

부끄러움이 한계에 도달하면 메이는 이런 자세를 취한다.

이제까지의 인생에서 몇 번이나 본 적이 있는 광경이다.

그러니, 저것은…… 그녀에게 있어서도 깊은 추억이 어린 행동이리라.

고개를 들어서 나를 올려다보는 메이의 눈에서는 의심의 기색이 존재하지 않았다.

"……합격이야. 뭐, 나쁘지 않네…. 내 장점을 이렇게 속속들이 아는 가짜가 있을 리 없잖아. 인정해 주겠어. 너는 틀림없는, 나의 치이야."

"휴우……. 부끄러운 이야기를 늘어놓은 보람이 있는걸."

"어~ 뭐야? 너도 그렇게 느꼈어?"

"네가 믿게 할 필요가 있으니 말이지. 평소 같으면 그런 말 안 한다고."

"흐음~, 흐으으음~?"

메이는 푸푸풉, 하고 심술궂은 웃음을 흘렸다.

"아~ 재미있네……. 몰랐어~. 네가, 나를 이렇게 좋아하는 줄은 말이야."

"…………."

"에헤헤헤……. 진짜 바보라니깐! 진짜 바보야! 평소에도 그런 말 좀 해! 그런 건! 말 안 하면 전해지지 않는단 말이야~!"

메이는 기분이 좋은지 내 등을 찰싹찰싹 때렸다.

짜증 나……. 최악이야…….

한동안은 이 일로 놀림을 당하겠는걸.

"참, 안 되겠네. 안 그래도 『회장과 부회장이 사귄다!』는 소문이 돌았는데, 괜히 더 오해를 살 거잖아~. 어쩌지~. 너와 사귀는 건 무리인데~. 완~전 사양인데~ ♪ 다른 애들한테 오해 사겠네~ ♪"

……안 가르쳐주는 편이 좋았을까.

메이는 한동안 질 나쁜 주정뱅이처럼 나를 계속 놀리더니…… 갑자기 입을 다물었다.

그리고 마음을 다잡듯이 한번 깊이 숨을 쉬고―.

"그럼, 남자로 되돌아와."

"……뭐?"

"뭐야~? 의표를 찔린 듯한 표정이네."

"지금은 남자로 돌아갈 생각 없어."

"왜?"

"유우코 누나의 실험에 협력하기로 약속했고, 여자로 살면서 가능성을 느꼈거든."

"무슨 가능성?"

"그야 물론, 첫사랑을 할 거란 가능성이지."

"뭐?"

메이는 천천히 고개를 갸웃거리더니 한 손을 들었다.

"저기, 질문 있어."

"해봐."

"너, 나를 좋아하지?"

"좋아해."

"그럼, 너한테 첫사랑이란 건 어떤 의미야?"

"가슴이 두근거리거나, 콩닥콩닥거린다는 의미야. 그런……
뭐랄까…… 운명적인 상대를 만나고 싶다……는, 의미랄까?"

자기 입으로 말하려니 얼굴이 달아오르는걸.

분명 **이 감각**을 수십, 수백 배로 강하게 만든 것이 사랑이란
감정이리라고 생각한다.

메이는 내 부끄러운 설명을 듣고 모든 감정이 사라진 자신의
얼굴을 손가락으로 가렸다.

"그럼, 뭐야……. 나 때문에 가슴이 뛴 적이 없단 거야?"

"메이 상대로 가슴이 뛸 리가 없잖아. 가족이나 다름없는걸."

메이의 팔꿈치가 내 복부에 박혔다.

"끄어어어억……!"

나는 미소녀답지 않은 소리를 냈다.

메이는 그런 나를 내려다보면서 쿵! 소리가 날 정도로 발을 세게 굴렸다.

"완벽하게 이해했어! 아니, 다시 깨달았다고 말해야 할까. 네가 이성한테 인기 없는 이유를 말이야! 이 바보! 바보, 바보, 바보! 잔말 말고 빨리 남자로 되돌아오란 말이야!"

"목적을 달성할 때까지 되돌아갈 생각은 없다고 말했잖아!"

"여자와 연애하고 싶은데, 왜 여자로 있겠다는 건데!"

"여자인 채로 여자와 연애하면 안 될 이유가 어디 있냐고!"

"너는 괜찮을지 모르지만, 상대방이 안 괜찮을지도 모르잖아!"

"여자인 치아키라도 괜찮아! 하고 말해주는 상대를 고르면 돼!"

"……치, 치아키가 정 원한다면…… 으으~ 그래도 역시 나는…… 나는……."

아무래도 메이는 깊은 고민에 빠진 것 같지만 나는 개의치 않으며 이렇게 말했다.

"남자일 때 인기가 하나도 없었으니까, 이렇게 다른 방향에서 접근해 보려는 거잖아."

"완전히 잘못된 방향으로 나아가는 것 같거든? 순순히 남자로 되돌아간다면, 특별히 내가 협력해 줄 수도 있거든?"

"내 청춘을 파괴한 원흉이, 이제 와서 뭘 해주겠단 건데?"

"그 건에 대해서는 후회도, 반성도 안 해! 하지만 나한테 책임의 일부가 없는 건 아니니까……."

메이는 우쭐대듯 팔짱을 끼고―.

"『너를 좋아하는 여자애』를 데려와 줄게. 네가 아무리 바보라도 버리지 않고, 몇 년이나…… 계속 마음에 품어온…… 그런 멋진 여자애야. 물론 얼굴도, 헤어스타일도, 성격도…… 완~전, 네 취향이거든? 그런 애에게 고백받으면……."

요염한 눈길로 슬쩍 흘겨보면서 말했다.

"분명, 가슴이 두근거릴걸?"

"그, 그런 여자애가……?"

"응, 있어. 순순히 남자로 되돌아온다면…… 소개해 줄게. ……어때?"

"끄……으……응……."

나는 마음이 흔들렸지만, 잠시 생각에 잠긴 후…….

"아니…… 뭐…… 됐어."

"어째서야?!"

"야스미 치아키는 15년 동안, 쭈~욱 남자로 살아왔어. 여진 없이, 항상 솔로였지. 그런데도…… 나는 평생, 이성에게 인기 있었던 적이 단 한 한순간도 없어! 메이의 망상이 아니라, 진짜로 그런 여자애가 존재한다면……."

"존재한다면?"

"연애에 완전 젬병인 애일 거야."

"시끄러워!"

지인이 무시당해서 화난 메이가 발끈하자, 유우코 누나는 못 참겠다는 듯이 깔깔 웃어대기 시작했다.

"푸하하하하! 너무 웃었더니 배가 아파……. 서, 설득에 실패한 거 아냐? 메이……."

"유우~~~ 언니~~~."

메이의 분노가 유우코 누나를 향했다.

하지만 누나는 메이의 심기를 계속 건드렸다.

"크크큭……. 유감이겠는걸. 치아키가 남자로 되돌아가고 싶어 해도, 지금 바로 되돌려줄 순 없어. 치아키를 완전히 남자로 되돌리려면 실험 데이터가 더 필요하거든."

그럴 줄 알았어.

물론 나는 전문가가 아니라서 확실치는 않지만 말이다.

몸의 일부분만 성전환이 된 카에데도 완전히 원래대로 되돌아가지 않은 만큼, 온몸이 여자가 된 나도 간단히 남자로 되돌아가지 못할 것이다.

"여전히 무책임하다니깐……!"

메이는 나를 위해 화를 내주고 있다.

"실험 데이터를 모으려면…… 구체적으로 어떻게 하면 돼?"

"간단해."

메이가 그렇게 묻자 유우코 누나는 낄낄낄~ 하고 사악하게 웃었다.

"치아키가 사랑을 하면 돼."

신기하게도 그것은 내 꿈과 같았다.

─사랑하는 남동생과 여동생…… 즉, 너희를 위해서야.

예전에 유우코 누나가 말한『실험 목적』에 신빙성이 생겼다.

"치아키의 가슴이 스위트하게 콩닥거릴 때마다, 몸에 심어둔 센서가 반응하면서 실험 데이터가 모여. 원래 모습으로 돌아가는 날 또한 가까워지는 거지. 흐흥. 뭐, 내가 되돌려줄 마음이 들지는 별개의 이야기지만 말이야♡"

……그런 심술궂은 말 또한 덧붙였다.

아니, 그것보다…… 몸에 심어둔 센서……는 무슨 소리야?

아무렇지 않은 투로 그런 충격적인 사실을 밝히지 말아줬으면 한다.

"그러니까~, 메이가 치아키를 남자로 되돌리고 싶다면 말이지? 내 실험이 진행되어서 **그 때가 올 때**까지, 치아키의 마음을 바꿔봐."

어디, 힘내 봐~.

그렇게 놀리는 투로 누나가 말히지─.

"……흐음, 그래?"

뚜둑, 하고 뭔가가 끊어지는 소리가 들려왔다.

"오호라……. 어떤 상황인지 자~알 알았어."

"메, 메이?"

머뭇머뭇 고개를 든 나는 느닷없이 멱살을 잡혔다.

"치이!"

"넵!"

"내가, 너한테 첫사랑을 가르쳐줄게!"

"어? 어⋯⋯?"

어째서 이런 이야기가 된 거지⋯⋯?

"그러면, 남자로 돌아갈 수 있는 거잖아?"

나는 양아치에게 돈을 뜯기는 듯한 자세로 당혹스러워했다.

"너 같은 건 딱히 좋아하지 않지만⋯⋯ 이렇게 악화된 건 내 책임이기도 하잖아."

이 소꿉친구의 얼굴을 이렇게 가까이에서 보는 것은 얼마 만일까.

"각오해! 네 입으로 『남자로 되돌아가고 싶다』고⋯⋯ 메이를 좋아하게 됐다고 말하게 해주겠어!"

그녀는 가장 매력적으로 보이는, 내가 가장 좋아하는 표정으로 그렇게 선언했다.

─살짝⋯⋯ 콩닥거린 것⋯⋯ 같아.

가슴이 희미하게 두근거린 것을 **자각했다.**

아이러니하게도…….

그녀가 부정한 성전환이 내 꿈을 크게 비약하게 했다.

메이가 선언을 마친 후 실내에는 정적이 감돌았다.

나와 그녀는 여전히 얼굴을 마주하고 있었다. 서로의 코가 닿을 만큼 가까운 거리에서 말이다.

마치 키스하기 직전인 상황에서…… 1초, 2초, 3초가 흘렀을 즈음에 메이가 조바심이 난 것처럼 입술을 삐죽 내밀었다.

"……뭐라고 말 좀 해봐."

"나한테…… 메이가, 첫사랑을 가르쳐주겠다는 거야?"

"그래, 그럼 안 돼?"

"……아니, 오히려 감사하긴 한데…….."

"왜 떨떠름한 반응을 보이는 건데? 너답지 않게 말이야."

나답지 않은 이유를 모르니까 떨떠름한 반응을 보이는 것이다.

아니, 그게 아니다.

나는 자각했다.

방금, 어쩌면 착각일지도 모르지만…….

희미한 **가슴 두근거림**을 느낀 것 같았다.

그것은 첫사랑을 갈구하는 나에게 있어 크나큰 진전일지도 모른다.

하지만 메이 본인에게 이 말을 해주는 건 매우…… 매우 내키지 않았다.

「방금, 너 때문에, 가슴이 살짝 콩닥거린 것 같아」라고는 절대 말하고 싶지 않다!

무지 놀림 받을 게 뻔하거든.

그래서 동요했다는 것을 숨기려고 얼버무렸다.

"그것보다…… 구체적으로, 어쩔 생각인데?"

"그게……."

메이는 내 멱살을 놓더니 나와 거리를 벌렸다.

볼을 붉힌 뒤 거동 수상자처럼 주위를 두리번거렸다.

"……아직, 생각 중이야."

거짓말 티가 팍팍 나는 반응이다. 어처구니없는 짓을 꾸미고 있는 게 틀림없다.

내가 경계심에 사로잡혔을 때, 유우코 누나는 뭔가를 눈치챘다.

"아. 돌아왔구나, 카에데."

보건실의 문이 열리더니 자리를 비웠던 카에데가 들어왔다.

여동생은 시선만 돌려서 방 안을 둘러보고 분위기가 달라졌다는 것을 눈치챈 것 같았다.

"……무슨 일, 있었어?"

"메이에게『내 사정』을 설명하던 참이야."

은연중에『네 비밀은 말하지 않았어』하고 전하자, 카에데의 긴장이 약간 누그러드는 것이 느껴졌다. 메이 또한『아까 전의 선언』을 카에데에게 알리고 싶지 않은 건지, 적극적으로 얼버무렸다.

"으, 응! 유우 언니가 또 사고를 쳤다며?! 그러고 보니 카에데는 오늘 화장실에 자주 가네? 괜찮아? 몸 안 좋은 거야?"

"……괜찮아."

카에데는 인상을 쓰며 난처한 반응을 보였다.

아까 말한『어떤 긴급한 이유』가 바로 이것이다.

설명하는 것마저도 가슴 아픈 이유지만…….

메이가 절친의 거리감으로 스킨십을 취하는 게, 아무래도 **지나치게** 효과적이었던 것 같았다.

이 건물로 이동하는 도중에 평소처럼 꽁냥대다 보니, 어느 순간 카에데가 사타구니를 손으로 누르며 도주를 감행했다.

……미소녀인 소꿉친구가 스스럼없이 신체접촉을 한다.

……머리카락과 어깨가 자신의 몸에 아무렇지 않게 닿는다.

메이는 가족이나 다름없다고 여기는 나조차도 남자일 적에 그런 일을 겪었다면 반응을 보일 수밖에 없었을 테니, 카에데를 내숭 변태라며 비난할 수는 없다.

상대는 사이타마 현에서 가장 음란한 육체를 지닌 여고생이니 말이다.

실은…… 마음 한편으로 걱정이 됐다…….

닥치는 대로 여자애를 『매료』시키는 카에데에게, 하필이면…… 거대한 거시기가 달린 것은 엄청난 일일지도 모른다는 생각이 든 것이다.

그야말로 범에게 날개를 달아준 격이랄까…….

무시무시할 정도로 흉악한 조합이란 생각이 들었다.

귀여운 여동생에게 이런 비유를 쓰고 싶지는 않지만…….

지금의 카에데는 야한 책에 등장하는 악역 뺨치는 능력자라고.

본인이 아직 완전히 제어하지는 못하는 것 같으니, 갑자기 폭주해서 같은 반 여자애들을 차례차례 유린하는 일은 없겠지…….

"으음……."

"치아키, 무슨 일이야? 너답지 않게 고민이 있는 것 같네."

메이는 나를 애칭이 아니라 이름으로 불렀다. 아무래도 마음이 좀 진정된 것 같았다.

"저기, 메이. 엄~청 뜬금없는 제안인데 말이야."

"응?"

"앞으로 카에데와 놀 때는, 나도 불러주면 안 될까?"

"뭐~? 진짜 뜬금없는 소리네. ……앗. 혹시 카에데를 질투하는 거야? 여자끼리인데~? 대뜸 남친 행세하기는~. 푸흡, 너무 우쭐대는 거 아냐~?"

그런 게 아니야……. 그런 게 아니라고…….

만약 카에데가 폭주했을 때…….

메이가 첫 피해자가 될 것 같은 느낌이 팍팍 드니까……. 매료에 걸리지 않는다고는 해도…….

"기왕이면 여자애로서 여자애들과 노는 경험을 해두고 싶거든."

"카에데, 치아키가 이런 소리를 하는데 어떻게 할까~?"

"……저는, 아무래도 상관없어요."

"뭐?"

메이는 동그랗게 뜬 눈으로 절친을 쳐다봤다.

오빠에게 매몰찬 카에데가 순순히 승낙한 게 믿기지 않는 것 같았다.

물론 카에데는 나와 가까워져서 제안을 승낙한 게 아니다.

언제 **자라날지** 모르는 자신을, 오빠가 곁에서 챙겨주기를 바랄 뿐이다.

즉, 방금 내가 한 제안은 두 사람을 지키기 위한 것……이다.

"한동안 여자애로 생활할 거라면…… 필요한 경험일 테니까요."

"정말~ 어쩔 수 없네~. 같이 놀아줘야겠는걸~."

……큭…… 카에데…… 치아키 언니에게 감사하라고……!

바로 내가! 특별히! 숙이고 들어가 줬으니 말이다……!

그런 생각을 하는 사이, 메이는 카에데의 어깨에 팔을 두르면서 가슴을 밀착시킨다고 하는 에로틱한 스킨십을 시작했다.

앗…… 앗…….

이대로 있다간 카에데가 또 『화장실에 가는 사태』가 벌어지고 만다!

"저기, 메이…… 카에데에게 너무 들러붙지 말아 줄래?"

"어~, 질투하니 꼴사납네~. 너도 해줬으면 하는 거야~? 푸푸푭, 안 해줄 거야~."

크아아아아아아아아아앗!

짜증나네……!

후우…… 후우…….

카에데가 비밀을 숨기는 동안에는 상대방의 배려를 기대 못 하는 게 문제야…….

메이도 자신의 스스럼없는 스킨십이 절친에게 에로에로한 자극을 가하고 있으리라고는 꿈에도 생각 못 할 것이다. 아니, 들켰다간 큰일 날 게 틀림없다.

"음음, 괜찮은 데이터를 얻을 수 있겠는걸."

이 자리에서 유일하게, 우리 모두의 속내를 파악하고 있는…… 유우코 누나만은 즐거워 보였다.

메이에게 설명을 하느라 1교시 수업을 빼먹은 우리는 반으로 돌아가서 2교시 수업부터 듣기로 했다.

우리의 사정을 모르는 사람들은⋯⋯.

─막 입학한 1학년인데 정말 간이 크네.

─이래도 혼나지 않는 거야? 대체 어떻게 된 거지⋯⋯?

⋯⋯같은 생각을 하고 있을 것이다.

참고로 이런 상황을 대비해 우리는 체육복을 가지고 보건실로 갔다.

나와 카에데가 보건실에서 옷을 갈아입자⋯⋯.

메이는 의아하다는 듯이 물었다.

"치아키가 반에서 여자애들과 같이 옷을 못 갈아입는 건⋯⋯ 뭐, 이해가 안 되는 건 아냐. 하지만 왜 카에데까지 여기서 갈아입는 건데?"

"가능하면 야스미 씨에게서 눈을 떼고 싶지 않으니까요."

"으음~ 하긴⋯⋯. 유우 언니와 치아키 페어는 무슨 짓을 저지를지 모르잖아. ⋯⋯그럼 나도 좀 더 여기에─."

"메이의 체육복은 교실에 있잖아요. 빨리 돌아가요."

"에이, 사양 안 해도 돼~."

"돌, 아, 가, 요."

"⋯⋯아, 알았어."

카에데는 시선에 담긴 압력으로 메이를 보건실에서 쫓아내는 데 성공했다.

논리적인 설득이 어려운 상황이었는데…….

"아, 야스미 씨……. 왜 그런 눈길로 쳐다보는 거죠?"

"내 여동생은…… 여전히 말주변이 별로란 생각이 들어서."

"……빨리 갈아입고 이동이나 하죠."

카에데는 커튼을 쳐서, 자기 몸을 감췄다.

"……저기, 유우코 누나."

"응? 왜 그래?"

카에데와 떨어지자 나는 신경 쓰이던 점에 관해 누나에게 작은 목소리로 몰래 물어봤다.

"참고로…… 카에데는 지금, 어떤 팬티를 입고 있어?"

"응? 설마 방금 『여동생의 팬티에 완전 흥미 있음』하고 커밍아웃한 거야?"

"표현 좀 신경 써."

나는 당황하지 않으며 그렇게 고쳐 말했다.

"이런 걸…… 본인에게 물어볼 수 없잖아……. **문제**가 발생할 때마다, 팬티가 찢어지는 건가 싶어서……."

설령 여성용 팬티가 각 기업의 끊임없는 노력 덕분에 신축성이 좋을지라도, 맨살과 천 사이에 20센티미터 이상되는 딱딱한 **막대**가 비집고 들어간다면 손상될 수밖에 없지 않을까?

이 사태가 벌어진 첫날부터 묻지 못했던 그 의문을 겨우 제시

한 나에게, 유우코 누나는 이렇게 말했다.

"……계속 신경 써 줘."

"저기…… 그 불온한 대답은 뭐야?"

"내, 내가 최대한 빨리, 왕창 늘어나는 팬티를 만들어줄게!"

이런 일로 얼굴을 붉히게 될 줄은 꿈에도 몰랐다고!

2교시. 체육 수업에는 농구를 하게 됐다.

여자와 남자로 나뉘어서 교사가 적당히 짜준 팀끼리 대전하는 형식이다.

"하하하하! 드~디어 찾아왔구나! 내가 멋지게 활약할 기회가 말이다!"

무엇을 숨기랴. 나는 스포츠가 특기다.

딱히 운동부에 들어가지는 않았지만 체육 수업 수준에서는 웬만해선 누구에게도 지지 않을 자신이 있다. 게다가 오늘 내 상대는 여자애인 만큼―.

야스미 치아키가 멋지게 대활약해서 우리 반의 인기인이 되는 미래는 확정된 것이나 마찬가지다.

"아하하하하! 하~ 하하핫!"

나는 시합이 시작되자마자 멋지게 패스를 받은 후, 의기양양하게 드리블을 시작―.

"우갓!"

하고 몇 걸음 내딛기도 전에, 벌러덩 넘어졌다.

"치, 치이, 괜찮아?!"

적팀인 메이가 허둥지둥 다가와서 나를 일으켜줬다.

다른 학생들도 시합을 멈추더니 나를 걱정했다.

"제, 젠장……! 아직 육체의 제어가 완전하지 않아……!"

"중2병 같은 변명이나 늘어놓기는… 아~. 풀 죽지 마~. 네가 원래 얼마나 잘하는지, 나는 알거든? 컨디션이 안 좋은 거지? 오늘은 무리하지 말고 견학해. 알았지?"

"으으…… 메이가 상냥해……."

"에헤헤…… 어때? 가슴이 두근거려?"

"무지 분해……!"

"쳇."

허무하게 탈락한 나는 체육관 구석에서 웅크리고 앉았다.

야스미 치아키의 『농구 무쌍 인기 얻기 작전』은 대실패로 끝났다.

나의 한심하게 덜렁대는 모습 덕분에 내 인기가 상승했다는 걸 나중에 알게 되지만…….

이게 아냐……. 내가 원한 인기는, 이런 게 아니라고……!

1학년 1반의 프린세스, 덜렁이 치아키 양을 대신해서 농구로 대활약하고 있는 건…….

"카에데 님! 끝내~~~줘!"

"우와아… 멋지네."

"왕자는 스포츠도 잘하는구나……. 무적이네."

내 사랑하는 여동생이자 숙적인 카에데였다.

평범한 레이업 슛이 한 폭의 그림처럼 아름다웠다.

달려 나갈 때는 마치 그 자리에서 사라진 것처럼 급가속했다.

모아 묶은 머리카락이 휘날리면서 목덜미가 언뜻 드러났다.

……으으으으……! 정체불명의 괘씸한 감정이 치밀어올라……!

앗, 또 골을 넣었어.

멋지게 착지한 카에데는 자기 진영으로 뛰어서 돌아가더니 나를 힐끔 쳐다봤고…….

한순간, 우리는 눈이 마주쳤다.

"이이이이이익~~~~~!!"

빌어먹을! 눈치 못 챘을 줄 알아?!

카에데 자식…… 아까부터 활약할 때마다 나를 힐끔힐끔 쳐다봤다고!

하아~ 마음에 안 들어. 하아~ 가슴이 아파.

내 얼굴이 수치심과 분노 탓에 새빨개진 게 느껴졌다.

그 열기는 수업이 끝난 후에도 한동안 사라지지 않았다.

그날 밤.

"자, 오늘 하루를 정리해 볼까! 오늘 있었던 일을 이 언니와 함께, 돌이켜보자~!"

야스미 가의 거실에서 가족회의가 시작됐다.

유우코 누나의 말투로 보아하니 이것은 앞으로 우리 집의 정기적인 행사가 될 것 같았다.

"……제가 참가할 필요 있어요?"

당연히 카에데는 가족과 거리를 두려고 했지만—.

"당연하지. 각종 우려 안건이 발생했잖아? 안 그래?"

"큭……."

찔리는 구석이 있는 건지 카에데는 어금니를 깨물었다.

유우코 누나는 여동생의 불행을 즐겁게 곱씹으면서 말했다.

"뭐든 말해봐! 내가 해줄 수 있는 일은 전부 하겠어! 나는 그저 실험을 하고 싶은 거지, 가족이 고생하는 모습을 보는 걸 그렇게 즐기진 않거든!"

"방금,『그렇게 즐기진 않는다』고 말했지?"

"똑똑히 들었어요……!"

나는 여동생과 얼굴을 마주하면서 장녀의 본심을 공유했다.

그리고 다시 인식했다.

유우코 누나는 현재 우리가 가장 의지할 수 있는 상대임과 동시에, 이 사태의 원흉이라는 것을 말이다.

사랑하는 가족 중 한 명이지만 최악의 적이기도 했다.

아이러니하게도 말이다.

"그렇게 됐으니까, 마음 푹 놓고 의지하도록 해!"

유우코 누나는 자신이 처한 상황을 진심으로 즐기는 것 같았다.

우선 나부터 보고하기로 했다.

"나는 큰 문제는 없었어. 반 친구와도 잘 지낼 수 있을 것 같고, 메이에게도 내 사정을 설명했지."

"⋯⋯정말, 제대로 설명한 건가요?"

그 자리에 없었던 카에데가 미심쩍은 눈길로 쳐다보며 그렇게 물어봐서 나는 가슴을 두드리며 단언했다.

"당연하잖아!"

메이가 뭔가를 꾸미고 있다는 건 말하지 않아도 되겠지.

"좋아. 다음은 기다리고 기다린, 오늘의 메인 콘텐츠야! 자, 카에데! 이 유우코 언니가 네 고민을 들어주겠어!"

여동생의 고민을 들어주는 언니의 대사가 아니다.

카에데는 언니를 향해 무시무시한 눈길을 보냈으나 분노를 드러내지는 않았다.

그 정도로 고민이 깊은 것이다. 그녀는 한동안 말을 고르더니—.

"이 몸이 되고⋯⋯ 다시금⋯⋯ 남자가 최악의 생물이라는 걸 알게 됐어요. 이렇게⋯⋯ 너무한 충동이⋯⋯ 있는 줄 몰랐어요.

평소처럼 행동했을 뿐인데…… 그저, 반 친구에게 둘러싸였을 뿐인데…….”

얼굴을 새빨갛게 붉히며 고개를 숙였다.

도저히 고민을 제대로 전할 수 있는 상황이 아니었다.

그 점을 눈치챈 유우코 누나는 잠시 생각에 잠기더니―.

“으음……. 다수의 여자가 근처에 있으면, 예의 문제가 재발하는 것으로 알면 될까?”

“……네.”

“치아키, 남자는 좋아하는 상대가 아니라도 반응하는 거야?”

자, 곤란한 질문을 받았습니다~.

……하지만 아무리 부끄러워도 제대로 대답해야겠지.

“때에 따라 다르지만…… 오늘 카에데와 같은 상황에 부닥친다면, 반응하는 것도 무리는 아닐 거야.”

가벼운 스킨십일지라도 그렇게 많은 인원과 신체접촉을 했으니…….

이상한 표현이지만 베테랑 남성이라도 참기 힘들지도 모른다.

“흐음~.”

누나는 나를 쳐다보며 잠시 생각에 잠겼다.

“애초에 참는 게 가능하긴 해?”

“……어느 정도는…… 가능하지…… 않으, 려나?”

“으음? 어이…… 자신 없는 말투잖아.”

"그야…… 이런 기술에 관해서 남자끼리 의논하거나, 서로에게 가르쳐주진 않거든!"

"안 해?"

"안 해!"

나 이외의 남성 여러분에게 부디 물어보고 싶은데…… 안 그러지?

―어이, 친구여. 대뜸 거시기가 커지는 사태를 막고 싶구나.

―흠, 그건 우리들 남성의 공통된 문제겠지.

―성적 자극에 대항할 수단에 관해, 논의하지 않겠나?

―좋지.

―이건 내가 고안한 수법인데…… 속옷을 입으면서, 위쪽으로 향하게 **수납**하는 건 어떨까?

―흠…… 다소 커지더라도 들키지 않겠군.

―그래. 하지만 몸에 딱 붙는 복서 팬티를 입으면 그러지 못하겠지.

―홋. 어차피 복서 팬티는 거기가 왜소한 자들이나 입는 것이야.

―그렇지. 순면 트렁크 팬티야말로 지고하지.

제대로 검증해 본 것은 아니지만…….

분명 이 세상의 남성들은 이런 이야기는 나누지 않을 거라고 생각해.

각자가 아류…… 아니, 자기만의 하반신 제어 방법을 익히는 것이다.

몇 년이나 들여 자연스럽게 숙달된다고 생각한다.

그러니 열 살 이상의 남자라면 홀로 연마한 아류 기술을 익혔겠지만, 남에게 가르쳐준 적이 없기에 그 효과를 보장할 수 없다.

그런 이야기를 해주자―.

내 여자 형제들은 질린 표정을 지었다.

"방금 그 바보 같은 대화, 치아키가 생각한 거지? 삼각팬티를 졸업했을 때, 이런저런 속옷을 입어 보고 복서 팬티에 불평했던 걸 기억하거든?"

"그건 두 번 다시 안 입을 거야. 너무 조여서 아프다고."

"그런 건 아무래도 상관없으니까, 빨리 문제를 해결할 방법이나 가르쳐 주세요."

눈길이 경멸로 가득 차 있었다.

카에데가 재촉했기에 나는 전직 남성으로서 진지하게 조언을 해줬다.

"교실에서 쓰는 수법인데…… 전에도 말했다시피 『싫어하는 상대를 생각한다』는 건 어때?"

"오히려 악화했으니까 기각하겠어요."

"그럼…… 근접했을 때 『숨을 참는다』, 『눈을 감는다』 정도겠네."

요괴나 귀신 대처법 같은걸.

입 찢어진 여자와 마주쳤을 때는 포마드, 포마드, 포마드하고 말하면 된다는 식으로 말이다.

"둘 다 대화 중에 자연적으로 하는 건 어려울 것 같아요."

"결론적으로는 심두멸각(心頭滅却)해서 번뇌를 떨쳐내면 되는 거야. 금방은 어렵겠지만……."

"가능한 한, 의식해 볼게요……. 여성과의 스킨십도…… 위험하다는 걸 알았으니, 줄이도록……."

위험한 상황을 파악하고 그렇게 되지 않도록 한다.

카에데는 남자의 기본 전술·초급편을 익히고 있는 것 같았다.

"카에데, 다른 고민은 없어?"

유우코 누나가 또 그렇게 묻자—.

"…………."

카에데는 고개를 숙이며 입을 다물었다.

크나큰 고민이 있다는 건 눈치챘지만 아무리 누나라도, 힌트가 전혀 없어서는 맞출 수 없다.

"자, 어디 말해 봐. 응?"

누나는 고개를 쑥 내밀며 그렇게 말했다. 그러자 카에데는 머뭇머뭇 귓속말을 했다.

"흠흠…… 흠흠…… 호오…… 특히 아침에 힘든 거구나……? 음, 그래."

유우코 누나는 여동생의 고민을 듣더니 크게 고개를 끄덕였다.

　"치아키! 거기가 커졌을 때『오줌 누는 법』을 가르쳐줘!"

　"아아아아아아아아아아아아아아아아아아아앗!"

　카에데는 울음을 터뜨리며 유우코 누나의 입을 막았다.

　이 며칠 동안, 쿨한 여동생이 허둥대는 모습을 대체 몇 번 본 것일까.

　카에데에게는 최악의 일일 것이며 나 또한 진심으로 안 됐다고 생각하지만…….

　"……으음."

　이제까지 몰랐던 여동생의 일면을 알게 되어서 신선한 느낌을 받는 것 또한 사실이었다.

　나는 카에데가 알면 화낼 게 분명한 마음을 억누르며 대답했다.

　"솔직하게 사실만 이야기하자면…… 거기가 커졌을 때는 좌식 화장실에서『작은 볼일』은 볼 수 없어."

　"뭐?! 그런 거야?!"

　"……정말 불편하군요."

　남자에게는 당연한 일인 만큼, 왜 놀라는 건지 이해가 안 됐다.

　"왜? 어째서? 이 누나에게 가르쳐줘!"

　"거시기는, 커지면……."

"커지면?"

"자기 얼굴을 겨냥하면서, 오줌의 사정거리가 세 배 정도로 늘어나거든."

"얼굴에 닿는다는 거야?! 무슨 그런 바보 같은 기능이 다 있는데?!"

"신에게 물어봐!"

나는 시간을 들여서 그럴 때는 작아질 때까지 참거나, 남성용 화장실을 이용할 수밖에 없다고 설명했다. 억지로 좌식 화장실에서 볼일을 보려고 했다간 오발의 위험성이 있다는 것도 말이다.

으음…….

내 인생에서 설마 여자 형제와 볼일 보는 법에 대해 논의하는 일이 있을 줄이야.

"하아~ 치아키……. 남성용 화장실은 참 잘 만들어져 있네. 그걸 발명한 사람은 나와 버금가는 현자일지도 몰라."

유우코 누나는 감명을 받은 것 같지만 카에데는 초췌해져 있었다.

반 친구들도…… 자기들이 동경하는 카에데 님이 집에서 이런 대화를 나누고 있을 줄은 꿈에도 모를 것이다.

가족회의가 끝나고 목욕 시간이 됐다.

"⋯⋯휴우."

나는 욕조에 들어가서 자기 몸을 만져봤다.

투박한 근육이 완전히 자취를 감춘 매끈하고 부드러운 여자의 맨살.

힘은 약하고 금방 지치며 뜻대로 움직여지지도 않는 육체.

욕조에서 피어오르는 김 속에서 천장을 올려다보며 다시 생각했다.

여자가 되면서 참 거대한 것을 잃었다고 말이다.

하지만 새로운 생활은 정말 재미있고 자극으로 가득 차 있다.

거울을 보기만 해도 즐거우며 치장하는 것은 더 재미있다.

반에서도 생각했던 것과는 좀 다르지만⋯⋯ 인기가 있다.

그리고 무엇보다 이제까지 피해 왔던 여동생과도 접점이 생겼다.

"그러니, 나는 문제없어⋯⋯."

문제가 있는 건 카에데다.

"겨우 며칠 만에, 꽤나 궁지에 몰린 것 같은걸⋯⋯."

부분적인 성전환이 상당한 부담이 되는 것이리라.

남자 특유의 이런저런 점 때문에 당황하는 일도 많을 테고 가족과 상의하는 것도 부끄럽다.

협력해 줄 수 있는 부분은 해줄 생각이지만⋯⋯.

"하아…… 걱정돼."

나는 그렇게 중얼거리며 몸을 일으켰다. 내 몸에서 물이 흘러
내렸다.

탈의실로 가서 몸을 닦았다.

드라이기를 쥔 나는 최근에 가족에게 배운 방식으로 머리카
락을 말린 후에 빗었다.

아직 익숙해지지 않은 여성용 속옷만 걸친 후 목욕 수건을 어
깨에 걸치고 마실 것을 갈구하며 냉장고로 향했다. 그리고 페트
병에 든 물을 벌컥벌컥 들이켠 후―.

"푸핫."

입가를 손가락으로 훔치면서 거실을 가로지르던 와중에―.

""아.""

소파에 앉아 있던 카에데와 눈이 마주쳤다.

오싹오싹…… 하고 불길한 감촉이 느껴졌다.

경험해 본 적은 없지만 전쟁터에서 지뢰를 밟은 병사가 이런
감촉을 느끼지 않을까.

―나, 혹시 **사고**를 친 걸까?

이마에 식은땀이 맺혔다.

카에데는 꼼짝도 하지 않고 나를 지그시 응시했다.

볼이 발그레해지더니 눈빛이 멍해졌다.

"야스미 씨…… 제가 어제, 욕실 앞에서 말했죠? 지금은 여자
니까, 옷을 입은 후에 탈의실에서 나오라고요. 설령 가족 앞
일지라도…… 매너를 지켜야 한다고 말이에요."

카에데는 희미하게 떨면서 고통스러운 듯한 목소리를 토했다.

묘한 공포를 느낀 나는 뱀과 마주친 개구리의 심정으로 존댓
말을 했다.

"……네. 어제는 제대로 입고 나왔어요."

"그런데…… 지금의, 그 파렴치한 복장은 대체 뭐죠……?"

"오, 오늘은~ 저기…… 남자였던 시절의 버릇……이랄까, 무
의식적으로……."

이럴 때도! 있다고! 여자가 된 지 얼마 안 됐는걸!

화장실에 들어갈 때마다 변기 좌대를 들어 올린다거나 말이야!

"전부터…… 꼴사나운 모습으로 집 안을 돌아다니지, 말라
고…… 몇 번이나 주의를 줬죠……?"

"요즘에는 아무 말도 안 들어, 서…… 카, 가에데? 왠지……
분위기가……."

애, 진짜로 괜찮은 거야?

자기 몸을 끌어안으며 상체를 앞으로 숙이더니 금방이라도
자신의 다크 사이드에 빠져들 듯한…….

"정……말…… 저질…… 남자는, 하나같이, **이런** 건가요……?"

그것은 분명, 나에게 한 말이 아닐 것이다.

넘쳐흐르는 듯한 자기혐오가 느껴졌다.

그와 동시에—.

"히익."

갑자기 한기를 느낀 나는 어깨를 부르르 떨었다.

카에데의 시선이 반라 상태인 나에게 못 박혀 있다는 것을 눈치챈 것이다.

카에데는 천천히 자리에서 일어나더니 서서히, 서서히…… 나를 향해 걸어왔다.

"카, 카카카, 카에데? 비틀거리면서 다가오지 말아 줄래? 무섭거든???"

"저도…… 이런 짓 하고 싶지 않아요……! 으으으…… 하지만, 머리가…… 이상해져서…….."

"어, 어이…… 카에데…… 설마…… 설마, 너…… 나, 나한테……?"

정조의 위기를 직감한 나는 뒷걸음질 쳤다.

카에데는 하악~ 하악~ 하고 거친 숨을 내쉬면서 다가왔다.

"야스미 씨, 탓이거든요? 제가 이렇게 된 건…….."

"윽! 큭……!"

이윽고 벽 쪽으로 몰리고 말았다. 술에 취한 것처럼 벌게진 카에데의 얼굴이, 코앞까지 다가오더니 그녀의 손이 내 얼굴 옆의 벽을 탁 짚었다.

"히……익……."

위험해, 위험해, 위험해, 위험해!

혼란에 빠진 탓에 잘은 모르겠지만 아무튼 이 상황은 위험해……!

필사적으로 두 눈을 굴리면서 타개책을 찾았다.

딱딱하게 굳어버린 몸은 여전히 뜻대로 움직이지 않았고 매료의 시선에 홀려 있었다.

하지만 나는 바로 그때, 문득 **아래쪽**을 쳐다봤고…….

"아……."

어마어마한 것을 가까운 거리에서 목격한 충격 탓에, 경직이 순식간에 풀렸다.

"우에에에에에엥! 꺄아아아아아아앗~~~!"

시선을 차단하기 위해 목욕 수건을 벗어 던진 후 속옷만 걸친 채 정조의 위기에서 도망쳤다.

"이, 이 내가…… 이 야스미 치아키가…… 어떻게…… 어떻게……!"

한심한 데도 정도가 있다!

분명 내 인생에서 제일가는 추태일 것이다.

울부짖으며 계단을 뛰어 올라간 후 믿음직한 가족의 곁으로 도망쳤다.

"우에에엥! 유우코 누나~~~!"

힘껏 문을 열어젖히며 방 안으로 뛰어 들어갔다.

"나, 오늘 밤에는 누나와 같이 잘래~~~!"

"……엥?"

잠옷 차림에 귀여운 수면 모자를 쓴 누나는 나를 돌아보더니 당혹스러운 목소리를 냈다.

"가, 갑자기, 왜 그— 어어어엇?! 왜 옷을 홀러덩 벗고 있는 거야?!"

"헉! 그, 그게…… 피치 못할, 이유가…….'"

현재 상황을 돌이켜봤다.

속옷 차림으로 언니 방으로 돌격한 여동생.

후하하! 아무리 천재 매드 사이언티스트라도 영문을 모르겠지!

……나도 매우 혼란에 빠진 것 같았다.

"……동생이 그런 복장으로 뛰어 들어왔을 때, 나는 뭘 어쩌면 좋지……?"

평소의 자신만만한 태도는 어디 간 건지 누나는 허둥대기만 했다.

유우코 누나의 목욕한 지 얼마 안 된 탓에 달아오른 볼이 더욱 붉게 물들었다.

"치, 치아키? 저기 말이야? 여자애가 됐다고 해도 말이지? 음란한 망상을 현실에서 실행에 옮기려고 하는 건…… 누나로서 좀 그렇다고 생각하거든?"

"최악의 오해를 하고 있는 것 같네! 쳇! 지금은 이럴 때가 아냐!"

나는 유우코 누나에게 설명하는 것을 뒷전으로 미루면서 방문을 잠갔다.

"휴우…… 이제 됐어."

"왜 문을 잠근 거야?! 헉! 내, 내가 도망 못 가게 하려는 거구나?!"

"그런 게 아니라니까 그러네! 목욕 마치고 반라로 돌아다녔더니, 카, 카에데가……! 나, 나를 덮치려고……!"

"뭐~? 덮쳐~? 에이…… 카에데가 그럴 리가 없어. 확실히 그 상태가 되면 평범한 남자보다 훨씬 쉽게 흥분하는 것 같지만…… 걔가 그런 짓을 할 리가 없거든~?"

"카에데가 가장 싫어하는 짓을, 자기가 저지를 만큼 위험한 상태란 거야!"

나는 필사적으로 호소했다.

아까까지의 나도 그랬듯이 사춘기 남자애의 성욕을 너무 얕보고 있다.

10년 넘게 남자로 살아온 녀석들조차 그 충동을 완전히 길들이지 못해서 이성적인 행동을 못 하게 된다.

아무리 결벽증에 남자를 질색하는 카에데라도, 느닷없이 얻게 된 그것을 아무런 준비 없이 제어할 수 있을 리가 없다! 게다가 카에데 누나가 방금『평범한 남자보다 쉽게 흥분한다』고 말하지 않았어?

내 호소를 어처구니없다는 듯이 듣고 있던 유우코 누나는—.

"하아, 그래. 알았어."

여전히 사태의 심각성을 이해하지 못한 것 같았다.

"지금의 너는 확실히 요염하긴 해. 그렇다고 과장해서 보고하는 건 좋지 않아. 카에데를 모함하는 소리를 하는 건 좋지 않고…… 유우코 누나도 귀여움으로는 너한테 안 지거든?! 너무 우쭐대지—."

자기 악행을 제쳐놓은 유우코 누나가 설교 모드에 들어가려한 바로 그때였다.

잠가둔 문손잡이가…….

철컹철컹철컹철렁!! 텅! 텅텅!!

""끼야아아아아아아아아아아아아아아아아아아아앗!""

우리 자매는 울음을 터뜨리며 서로를 끌어안았다.

마치 공포 영화에 나오는 농성 장면 같았다.

아까까지의 여유로운 태도가 거짓말처럼 사라진 유우코 누나는, 나한테 한사코 매달렸다.

"오……오늘 밤은, 이 누나와 같이 자자. 응?"

"……아까 내가 그러자고 했잖아."

창밖.

밤의 어둠 속에서 봄날의 격렬한 천둥이 계속 치고 있었다.

4장

다음 날 아침. 나는 유우코 누나의 방에서 눈을 떴다.

눈을 뜨자마자 몸에서 위화감이 느껴져 당황했지만 곧 반라 상태에서 잠들었다는 것을 떠올렸다.

옆을 쳐다보니 유우코 누나가 나와 한 이불 속에서 자고 있었다.

"하암……."

상체를 일으킨 나는 두 손을 뻗으며 기지개를 켰다. 그 후, 누나에게 말을 건넸다.

"누나. 유우코 누나 일어나."

"으응~? 아직 아침이잖아……. 어두워지면 깨워."

밤낮 역전 인간이라니깐…….

나는 누나의 조그마한 몸을 흔들어서 깨웠다.

"누나, 부탁이 있어."

"하암…… 뭔데~……?"

"카에데가 어쩌고 있는지 보고 와줘."

내가 그런 부탁을 한 순간, 유우코 누나의 눈이 또렷해졌다.

"……그 후로 어떻게 됐어?"

"몰라. 나도 방금 일어났거든……."

"어이. 이런 상황에서 나를 방 밖으로 내보내려는 거야? 이 누나가 에로 몬스터에게 유린당하면 어쩌려고 그래……!"

"어쩌긴…… 자업자득이라고 생각할 거야."

"끄응……! 반박을 못 하겠어……!"

따지고 보면 이 모든 일의 원흉은 유우코 누나다.

내가 지당하기 그지없는 반응을 보이자, 상체를 일으킨 누나는 모포 자락을 살짝 움켜쥐면서 애처로운 목소리를 냈다. 나를 올려다보면서 말이다.

"치아키도 같이 가지 않을래?"

"무리야."

"어째서야?! 이리 귀엽게 부탁하잖아!"

"옷을 안 입었으니까, 카에데 앞에 못 나서는 거야!"

어젯밤과 똑같은 사태가 벌어질 거라고!

"으그그그극…… 그건 그래."

반론을 봉쇄당한 누나는 두 눈이 가위표 모양이 됐다.

나는 이어서 이렇게 말했다.

"카에데가 어쩌고 있는지 살피러 가는 김에, 내 옷도 챙겨와 줘."

"미션이 늘어났어…….'

"매드 사이언티스트니까, 자기 몸 하나 지킬 방법은 있을 거 아냐. 등에 기계 팔을 달고 싸운다거나 말이야."

"못 해! 나는 연약하기 그지없는, 청초 계열 매드 사이언티스트거든!"

유우코 누나는 발끈하며 화를 냈지만 이윽고 체념한 것처럼—.

"하아……. 어쩔 수 없지……. 다녀올게!"

침대에서 뛰쳐나가더니 터벅터벅 걸으며 문 쪽으로 향했다.

그리고 문 앞에서 원망 섞인 눈길로 나를 돌아보더니…….

"내가『도와줘』하고 외치면, 바로 뛰어와!"

그런 대사를 남긴 후 방 밖으로 나갔다.

다행히 여동생이 이성을 잃은 짐승이 되어 덮친 바람에 야
스미 가의 가계도가 완전히 꼬여서 자손들이 당혹해하는 사태
는 벌어지지 않았고, 평소와 다름없는 아침 식사 풍경이 펼쳐
졌다.

……겉보기에는 말이다.

"……이 정도로 죽고 싶단 생각을 한 건 태어나서 처음이에요."

정신을 차린 카에데는 그렇게 좋아하던 게 샐러드조차 못 먹
을 상태였으며, 그저 식탁 앞에서 풀이 죽어 있었다.

무리도 아니다. 카에데는 어제 일을 전부 기억하는 것 같았다.

치아키의 알몸을 보고 그대로 이성이 날아가서 덮치려 했다.

결벽증인 카에데로서는 견딜 수 없는 기억일 것이다.

"너, 너무 신경 쓰지 마. 전부 유우코 누나 잘못이잖아."

"제가 저를 용서할 수 없어요! 어떻게…… 어떻게……!"

자기혐오 MAX였다.

정말 안 됐다.

"저기, 유우코 누나. 혼자 밥 먹지 말고, 무슨 말이라도 좀 하
지 그래?"

"치아키, 항상 맛있는 밥 만들어줘서 고마워!"

"천만에요. 아니, 그런 게 아니라……."

"어젯밤 일 말이지? 우선 복습부터 하자. 카에데의 『부분적인 성전환』은 성적 자극을 받아서 흥분하면 거시기가 커진다는 것인데—"

고개를 푹 숙인 카에데의 귀가 새빨개졌다.

누나는 개의치 않으며 말을 이었다.

"이 증상…… 굳이 증상이라고 부르겠는데…… 서서히 악화하고 있어. 『부분적인 성전환』이 재발하기 쉬워졌다는 말이야."

"어이어이……."

장난이 아니잖아.

카에데…… 고개를 숙이고 있어서 얼굴이 보이지 않지만…… 절망의 오라에 휩싸여 있었다.

항상 등을 꼿꼿이 펴고 당당하게 행동하던 여동생이…….

얘의 등이 이렇게 굽은 건, 처음 봐!

내가 유우코 누나에게 눈짓을 보내자 그녀는 허둥지둥 고개를 끄덕였다.

"무, 물론, 내가 손을 쓸 거야! 최대한 빨리!"

"최대한 빨리."

"진전이 있긴 하거든?! 데이터도 꽉꽉 모이고 있는걸!"

유우코 누나는 상세한 실험 내용을 속사포 랩처럼 쏟아냈지만 전문용어가 너무 많아서 대부분 이해하지 못했다.

이해한 부분만 요약해 보겠다.

유우코 누나는 성전환 실험을 진행하면서 쌍둥이인 나와 카에데의 몸에 센서를 심었고, 그것을 통해 데이터를 모으고 있다는 것을 자백했다.

또한……

이 집과 교내 거점인 보건실에도 다수의 센서가 설치되어 있다고 한다.

순조롭게 데이터가 모이고 있지만 악화하고 있는 카에데의 증상을 개선하기 위해서는 일주일 정도 걸릴 것으로 추정……된다고 한다.

"가족의 몸에, 이상한 걸 심지 말라고."

동의도 구하지 않고 가족을 성전환시키는 사람에게 이런 말을 해봤자 소용없겠지만 말이다.

기나긴 이야기가 일단락된 후 유우코 누나는 어험 하고 헛기침을 한 번 했다.

"그럼, 다시 본론에 들어가겠어. 카에데의 어젯밤 상태 말인데……."

"윽!"

고개를 숙이고 있던 카에데가 새파랗게 질린 얼굴을 들었다.

누나는 이렇게 덧붙여 말했다.

"한꺼번에 강력한 자극을 받으면, 그런 식으로 이성이 날아간다고 생각해."

"이, 이성이……."

"여자에게 둘러싸여 스킨십 공세를 받는 정도라면, 거시기가 자라나는 **정도**로 끝나겠지만…… 치아키의 알몸을 목격하는 건 아웃인 거지."

"속옷은 입고 있었거든?"

나는 그 말을 정정했다.

"제, 제가…… 야스미 씨한테만 반응한다는 투로 말하지 마세요!"

"음, 그 점은 아직 충분히 검증되지 않았어. 과연 카에데가…… 치아키 이외의 다른 사람의 알몸을 보면 어떻게 될까. **치아키에게만** 반응하는 걸까, 그렇지 않은 걸까……."

"그 실험은 허가 못 해."

카에데가 받는 부담이 너무 크다.

또 어젯밤 같은 상태가 되라는 소리나 다름없으니 말이다.

"정 실험해야겠다면, 누나가 홀랑 벗고 시험해 봐."

"아! 이 유우코 누나가 음란한 짓거리를 당하게 만들고 싶어?!"

가족회의를 겸한 아침 식사는 그렇게 시끌벅적하게 진행됐고—.

"결론적으로…… 이제까지보다 더 조심하며 학교에 다녀. 그리고 치아키는 정숙한 몸가짐을 익히는 거야."

"……네."

"최선을 다해볼게."

"음란한 여자애에게 다가가지 말 것! 트러블에 다가가지 말 것! 언니 누나를 상냥히 대할 것! 이 세 가지를 지키도록 해!"

나와 카에데는 함께 등교하기로 했다.

"전에도 말했지만, 집 밖에서는 가능한 한 같이 다니자."

"……어쩔 수 없군요. 지금 상황에서 혼자 다니는 게 얼마나 위험한지는 알고 있으니까요."

그런 사무적인 대화를 나누면서 학교를 향해 나란히 걸었다.

바로 그때, 등 뒤에서 누군가가 뛰어오는 소리가 들리더니…….

"좋은 아침~! 치아키! 카에데!"

『사이타마 현에서 가장 음란한 육체를 지닌 여고생』 메이가 우리를 뒤편에서 끌어안았다.

확 뛰어들면서 우리 어깨에 풍만한 가슴이 닿는 느낌으로 말이다.

"끄아~! 야, 야! 무슨 짓을 하는 거야?!"

"아~, 왜 그래~? 부끄러워?"

"그런 게 아냐!"

"푸풉. 치아키는 의외로 순정파네~♪ 여자끼리의 가벼운 스킨십이잖아~."

"내가 남자였던 시절에도 이랬잖아! 이 파렴치 여자야!!"

"너 말고 다른 남자한테는 안 이러거든?!"

"아, 아무리 소꿉친구라도, 무슨 짓이든 해도 되는 건 아니라고!"

"그거, 남자가 늘어놓을 대사야?!"

이, 이 애는 정말······.

오늘은 나만이 아니라 같은 여자인 카에데한테도 이런 짓을 하면 안 되는데······.

"메, 메이······ 좋은 아침이에요······!"

카에데가 딱딱하게 굳은 목소리로 아침 인사를 건넸다.

―아아······ 이거······ 학교에 도착하기도 전에 게임 오버인 걸지도 모르겠네.

나는 몰래 마음을 졸이며 지켜보며 두 사람을 쳐다봤다.

"······메, 메이. 카에데의 몸을 너무 만지작대지 마."

"어머, 또 실투하는 기야? 네가 하도 질투하니까, 두 사람을 동시에 끌어안은 건데~♪ 그래도 불만이야~?"

아무것도 모르니 참 좋겠다!

나와 메이, 너는 현재 정조의 위기에 처했다고!

"내가 어제『사랑을 가르쳐주겠다』고 말했는데~. 너, 실은 이미 나한테 반한 거 아냐?"

"그렇지 않으니까, 빨리 떨어지기나 해."

"알았어~."

메이는 나를 바보 취급하며 우리한테서 떨어졌다.

상대방이 싫어하는 짓은 순순히 관둔다.

괜찮은 애다.

우리 세 사람은 나란히 걸었다.

바로 그때, 카에데가 혼신의 변명을 늘어놨다.

"메이, 저, 실은 감기 기운이 좀 있거든요. 그러니, 너무 다가오지 마세요."

"아, 그렇구나. 몸조심해."

"그런데, 야스미 씨에게『사랑을 가르쳐주겠다』는 게 무슨 소리죠?"

"으윽…… 그, 그게…… 저기……."

그런 절친끼리의 대화를 옆에서 들으니 관찰해 보니…….

좋았어~! 카에데는 아슬아슬하게 버텨낸 것 같은걸!

그로부터 한동안, 메이가 무심코 말한『여스미 치아키에게 첫사랑을 가르쳐주겠다는 발언』에 관해…… 카에데는 심문을 이어갔다.

결국 전부 실토하고 만 메이는 부끄러워했지만 곧 마음을 다잡더니―.

"카에데는 감기 기운이 있는 거지?"

그렇게 말했다.

"그럼, 우리 반 애들한테도 이야기해 두는 편이 좋겠네. 안 그러면 또 다들 카에데에게 몰려들 거야."

"네. 부탁해도 될까요?"

"맡겨만 줘~."

와, 여자 그룹의 리더는 정말 믿음직해…….

다들 메이를 좋아하는 이유를 이제 알 것 같아…….

그런 메이에게 나는 은근슬쩍 물었다.

"오늘부터 한동안 카에데를 대신해서 내가 다른 애들에게 떠받들어지고 싶으니까, 메이가 적당히 우리 반 애들을 구슬려주지 않겠어?"

"바보 아냐?"

"너무해. 카에데의 부탁은 들어주면서……."

"뭐~? 너는 이제부터 나를 상대로 첫사랑을 하게 될 거니까, 다른 여자애들에게 떠받들어질 필요 없거든?"

"『사랑을 가르쳐주는 작전』은 대환영이지만, 그것과는 별개로 나는 남들에게 띠받들어지고 싶어."

수많은 여자애에게 인기를 얻고 싶단 말이다.

""……저질.""

카에데와 메이가 한목소리로 그렇게 말했다.

메이는 나를 째려보더니 곧 이마에 손가락을 대며 생각에 잠겼다.

"으음~, 방금 그 말은 이런 의미지? 첫사랑을 하기 위해서라고는 해도, 나한테 전부 의지할 수는 없다…… 같은 거잖아."

엄청 호의적으로 해석해 줬다.

"메이, 야스미 씨는 그렇게 깊이 생각했을 리 없어요."

"그래, 메이."

"왜 내가 비난당하는 건데?!"

"잘 들어. 다시 한번, 제대로 설명할 테니 들어줘."

나는 당당히 가슴을 펴며 꿈을 이야기했다.

"나는 사랑을 하고 싶어. 운명의 상대를 찾아서, 즐겁게 데이트하거나, 꽁냥꽁냥대고 싶어. 하지만 그것과는 별개로, 수많은 여자에게 사랑을 받거나, 치아키 님~ 하며 꺄아꺄아~ 하는 소리를 듣거나, 교내에 내 팬클럽이 생겼으면 해."

"용케 그런 추악한 소망을, 자기 꿈과 같이 늘어놓네……. 그것도 자랑스러운 듯이……."

"죽는 편이 낫지 않을까요?"

"그러니까 너는 인기가 없는 거야. 내가 방해할 필요도 없다니깐."

"끄으응……."

연이은 비난이 나에게 쏟아졌다.

"저기, 치이."

메이는 목소리 톤을 낮추면서 설교 모드로 말했다.

"네가 그런 어처구니없는 생각을 하는 건, 역시 사랑을 몰라서 아닐까? 한 번이라도 진심 어린 사랑을 해봤다면『좋아하지 않는 사람에게도 사랑받고 싶다』는 생각을 안 할걸?"

"그, 래?"

납득은 안 되지만 사랑을 모르기 때문이다, 라는 말을 덮어놓고 부정할 수는 없었다.

"그래. 내가 교정해 줄 테니까, 안심해."

메이는 자신만만하게 가슴을 두드리더니…….

"실은 작전을 짜왔어. 너한테 사랑을 가르쳐주기 위해—."

"오늘 밤, 너희 집에 자러 갈게!"

맙소사……. 유우코 누나가 아까 그렇게 강조했었는데…….

음란한 여자애에게 다가가지 말 것! 트러블에 나가가지 말 것!

그중 두 가지를 벌써 어기고 말았다.

카에데는 메이의 작전을 듣더니 얼굴이 새파랗게 질리며 절망에 빠졌다.

방과 후. 예고대로 메이가 우리 집에 찾아왔다.

"실례할게요~!"

나와 카에데를 데리고 힘차게 거실에 들어선 그녀는 양손에 장바구니를 들고 있었다.

"좋아. 그럼, 부엌 좀 빌릴게!"

"……메, 메이, 저도 도울게요."

무지 에로틱한 복장으로 집에 온 메이를 경계하면서도 가능한 한 평소처럼 행동하고 싶다.

카에데가 그런 갈등이 묻어나는 목소리로 그런 제안을 했지만 메이는 바로 거절했다.

"무슨 소리를 하는 거야. 카에데는 누워 있어. 감기 기운이 있다며? 밥이 되면 부를게."

그렇다. 우리가 왜 『메이의 야스미 가(家) 숙박 이벤트』라고 하는, 리스크가 큰 제안을 받아들인 것이냐면…….

카에데가 변명에 써먹은 『감기에 걸렸으니 다가오지 말아줬으면 한다』라는 구실 탓이다. 친절한 메이가 순수한 마음으로 「내가 간병해 줄게」 하고 말한 것이다.

『치아키를 나한테 반하게 만드는 작전의 일환이기도 하거든!』

『내가 만든 맛있는 요리로, 너희 가족을 모두 나에게 반하게 만들 거야!』

그런 말을 환한 미소를 지으면서 했으니…….

"네…… 알았어요. 얌전히 누워 있을게요. ……메이의 요리, 기대할게요."

"나만 믿어~."

절친의 호의에 약한 카에데가 저항할 수 있을 리 없었다.

꾀병을 부린 카에데가 방으로 돌아가자 메이는 부엌으로 향했다. 그리고 나는 메이의 뒤를 따랐다.

"유우 언니는 몇 시쯤 돌아와?"

"곧 도착한다고 방금 연락을 받았어."

"흐음~ 그럼, 바로 시작해도 되겠네. 그런데, 왜 내 옆에 온 거야?"

"뭘 만들지 궁금해서."

"죽이야. 감기에 걸렸을 때는 소화가 잘 되는 음식이 좋잖아?"

메이는 앞치마를 걸치더니 저녁 식사를 척척 준비하기 시작했다.

"메이는 요리 잘해?"

"초등학생 때, 가정 과목 수업에서 같은 조였던 남자애가 정~말 짜증 나는 애였이."

어, 갑자기 옛날이야기를 시작하네.

"자기가 요리 좀 한다고, 내가 만든 것에 무지 트집을 잡지 뭐야. 이렇게 하는 편이 좋아~, 조미료는 이만큼 넣어~, 내가 하는 걸 잘 봐~ 하면서 사사건건 가르치려고 들었다니깐."

"정말 건방진 녀석인걸. 여자한테 인기가 없겠어."

"걔의 이름은 야스미 치아키야."

"…………."

"너무 분해서 요리를 연습했어. 걔 못지않게 요리를 잘하게
될 거야~ 하면서 말이지."

"호, 호오…… 성과는 있었어?"

"드디어 한 방 먹여줄 수 있을 것 같아서, 가슴이 두근거리네."

그렇게 말한 메이는 자신만만한 미소를 머금었다.

여자가 되고 며칠이 흘렀다.

남자였던 시절의 내가 인기 없었던 이유를 매일 같이 접하고
있는 느낌이 들었다.

메이가 만든 죽을 맛보니 간단하면서도 실력이 확연히 드러
나는 요리였다.

뭐…… 간단히 말해 맛있었다.

훗, 꽤 하는걸.

우리는 갓 만든 죽을 들고 카에데의 방으로 향했다.

"……안 따라와도 되거든?"

"메이와 카에데를 단둘이 있게 할 수는 없어."

"또 그 소리야?"

심각한 문제의 발생을 막으려는 조치지만…….

메이는 또 착각에 빠지며 나를 놀릴 것이다.

그렇게 생각했는데―.

"치아키 말이야. 좀 변했네."

메이의 입에서는 그런 말이 나왔다.

"그야, 뭐…… 성별이 달라졌잖아."

"내면을 이야기하는 거야. 남자일 적보다 눈치가 좋아졌다고 할까…… 무신경함이 좀 덜해졌달까…… 그래. 사려 깊어진 것 같아. 아주 쬐끔 말이지."

"어이, 그건 남자였을 때는 바보였단 소리야?"

"지금도 바보야. 그건 변함없고, 남자로 되돌려놓겠단 방침을 바꿀 생각도 없지만……."

메이는 쟁반을 양손으로 든 채 후훗하고 웃음을 흘렸다.

"지금의 너도, 꽤 괜찮네."

가슴에 훈훈한 열기가 치밀어 오르는 느낌이 들었다.

그것을 겉으로 드러내고 싶지 않았기에 나는 웃음으로 얼버 무렸다.

"후하하. 그렇지? 메이도 드디어 뉴 치아키 님의 매력을 이해 했나 보군."

"그래그래. 멋대로 떠들어."

내 농담을 흘려넘긴 메이는 카에데의 방문에 노크했다.

곧 문이 열리더니 잠옷 차림인 카에데가 모습을 보였다. 메이가 그런 카에데에게 말을 건넸다.

"카에데, 밥 먹을 수 있겠어?"

"네. 배고파요."

"그래. 다행이야."

보다시피…….

나를 대할 때는 그렇게 차갑던 카에데도 메이 앞에서는 온화한 태도를 보였다.

두 사람의 이런 관계는 어제오늘 시작된 것이 아니다.

오해를 부르지 않도록 성전환 실험과 상관이 없다는 것을 밝혀두겠다.

다들 방 안으로 들어갔다.

메이는 테이블에 냄비를 두더니 지극히 자연스럽게 카에데의 이마에 자기 이마를 댔다.

"으음~ 역시 열이 조금 있네……. 어, 열이 더 나는 것 같잖아. 병원에는 다녀왔어?"

"……어, 언니한테 봐달라고 했어요."

"그래도 병원에 가보는 편이 좋지 않겠어?"

"……네, 그렇게 할게요."

……커플인가?

아니, 이럴 때가 아냐!

느닷없이 스킨십을 하는 거냐! 사랑을 가르쳐줄 상대를 착각한 거 아냐?!

다시 실감했다. 카에데의 학교생활을 고생길로 만든 원인의 절반 이상이 메이에게 있다는 것을 말이다.

이 애는 자기 겉모습이 에로틱하기 그지없어서 주위 남자들이 줄지어 매료되고 있단 것을 모를 리가 없는데…….

같은 여자인 절친에게 거시기가 생겼을 줄은 꿈에도 모를 테니까…….

그런 쪽으로 배려해 주기를 바라는 건 무리다.

아~ 어쩐다.

아무리 봐도 위~험천만한 상황이지만 끼어들어서 떼어놓는 것도 어렵다.

내가 할 수 있는 건 카에데의 사타구니를 주시하는 것뿐이다.

열을 재는 것을 마친 메이는 진짜로 감기에 걸린 것처럼 얼굴이 벌게진 카에데를 냄비가 놓인 테이블 앞에 앉혔다.

그리고─.

"자, 아~."

"저기…… 부끄러워요."

"에이, 부끄러워할 것 없잖아. 자아~, 아~~~."

"아……."

……아니…… 내가 지금 뭘 보고 있는 거지……?

오빠에게 차갑고, 누나에게도 차가우며, 남자에게는 엄격한

데다, 여자와는 거리를 둔다.

그런 카에데가 유일하게 절친이라고 인정하는 이가 바로 니시아라이 메이라는 여자애다.

그 점은 잘 알고 있는 줄 알았지만…….

메이의 말에 따르면 사려가 깊어진 나는, 이제 와서…….

얘들은 왜 이렇게 사이가 좋은 거지?

태어나서 처음으로 그런 의문에 사로잡혔다.

"저기……."

수치심으로 가득 찬 아~ 타임이 일단락됐을 때, 나는 말을 건넸다.

"치아키, 왜 그래? 내 헌신적인 간병을 보고, 사랑에 빠졌어?"

"아니, 그런 건 아닌데…… 어, 혹시 이것도 작전의 일환인 거야?"

"그렇진 않아. 하지만, 내가 생각해도 나는 지금 참 좋은 여자다 싶네~."

자기 입으로 그런 말을 하지 않는다면 더 좋은 여자일 텐데 말이다.

"그래……. 헌신적인 간병…… 듣고 보니, 매력적인 모습이었을지도 몰라."

"그렇지? 그렇지~? 에헤헤……. 왜 내가 말을 해줘야 알아먹는 건데!"

기분이 좋아보이던 메이가 갑자기 분노를 터뜨렸다.

　"케에데와 메이가 너무 사이 좋아 보여서 동요했어. 너희, 혹시 사귀는 거야?"

　"안 사귀거든~?!"

　"바바바, 바보 같은 소리 마세요!"

　두 사람 다 그 의혹을 맹렬히 부정했다.

　"그럼, 왜 이렇게 사이가 좋은 건데?"

　"뭐? 그건 나도 잘 몰라. 친구와 친구가 된 이유 같은 건 너무 많아서, 일일이 말하는 건 무리거든."

　"그런 거야?"

　"그런 거야~."

　오호라. 메이의 주장은 이해가 된다.

　한편, 카에데는 미동조차 하지 않으며 입을 다물고 있었다.

　"카에데도, 마찬가지지?"

　메이가 그렇게 말하자 카에데는 고개를 저었다.

　"아뇨. 제가 메이와 친하게 지내는 이유는, 명확해요."

　"오오…… 그게 뭔지, 물어봐도 돼?"

　"다른 여자애처럼, 저를 특별하게 여기지 않아서예요."

　"아~ 카에데한테는 중요한 이유일 거야."

　메이는 고개를 끄덕였다. 나 또한 그 말에 납득했다.

　카에데는 온갖 여자를 매료시키고 만다.

하지만 카에데는 여자이기에 같은 여자에게 지나친 호의를 받으면 곤란할 것이다.

여자애에게 너무 인기가 있어서 곤란하다니 정말 부러운 고민이다.

"그런 거예요. 그러니, 메이…… 앞으로도, 잘 부탁드려요."

"우와, 멋쩍어~."

볼을 붉히며 부끄러워하던 메이는, 곧―.

"물론이야."

그런 온화한 말로 대화를 마쳤다.

부엌에서 물소리가 들렸다.

메이가 식사 뒷정리를 하는 사이, 나는 거실 소파에서 실뜨기를 하며 생각에 잠겼다.

실뜨기. 설명할 필요는 없겠지만 손가락에 건 실로 다양한 형태를 만드는 놀이다.

나는 여자가 된 후 식사 중에 젓가락을 놓칠 정도로 손재주가 나빠졌다. 다들 알다시피 브래지어조차 혼자서 입지 못한다.

그래서 유우코 누나의 권유로 재활 훈련 삼아 실뜨기를 하게 되었다.

현재는 부엌칼도 위험해서 쥘 수 없다. 덕분에 내 요리 레퍼

토리 중 대부분이 봉인됐다.

"하다못해 설거지를 도울 수 있게 되어야 해."

스마트폰으로 실뜨기 해설 영상을 보면서 손가락을 놀렸다.

그와 동시에 머릿속으로는 다른 생각을 하고 있었다.

코앞까지 다가온 『메이의 숙박 이벤트』라는 궁지에 관해서다.

"내가 해야 하는 건…… 카에데의 비밀을 지키고, 아무것도 모르는 메이가 위험을 자초하지 않도록 방지하는 것……."

결론부터 말하자면 순조롭다.

"대뜸 커플 같은 스킨십을 벌일 때는 가슴을 졸였지만 말이야……."

어찌어찌 무사히 위기에서 벗어났다.

어쩌면 간병 도중에 카에데는 **자라났을지도** 모르지만…… 그래도!

안 들켰으니 세이프! 폭주하지 않았으니 세이프!

그렇게 여기기로 했다.

자, 그럼…….

이어지는 하이 리스크 이벤트는 『목욕』인데…….

"이것도 아마 문제없을 거야."

카에데는 감기에 걸린 척을 하고 있으니 방에서 나오지 않을 것이다.

트러블의 발생 원인이 부재중이라 문제가 일어날 리 없다.

이제 안심해도 되겠는걸!

"와하하! 역시 나야! 완벽한 작전이라고!"

"왜 웃는 거야? 아, 설거지 다 했어."

메이가 거실로 돌아왔다.

"설거지 못 도와서 미안해!"

"뭐, 괜찮아~. 집안일을 잘한다는 걸, 너한테 보여줄 기회가 거의 없었잖아."

털썩! 하고 내 옆에 앉은 메이가 밀접한 상태에서······.

"어때? 가슴이 콩닥거렸어?"

"아니, 꼼짝도 안 해."

"그래?"

메이는 입술을 삐죽 내밀었다. 하지만 진짜로 언짢은 건 아닌지, 곧 미소를 머금었다.

"신경 안 써도 돼~. 이건 어디까지나 탐색전에 지나지 않거든. 메인 이벤트는 이제부터 벌어질 거야."

······얘는 정말 자신만만하네.

걱정거리도 줄었으니 물어보도록 할까.

전에도 비슷한 질문을 한 적이 있긴 한데······.

"메이는 오늘 우리 집에 묵으면서, 나한테 사랑을 가르쳐주겠다, 라고 했었지? 구체적으로 어쩔 작정이야?"

"나 같은 초절정 미소녀와 한 지붕 아래에서 지내는 거잖아. 너처럼 이성에게 인기 없는 애한테는 꿈만 같은 시추에이션 아냐?"

"그 원인을 만든 사람한테 그런 소리를 듣고 싶진 않거든?
뭐, 기쁜 건 맞아."

연애 관련의 이런저런 감정은 느껴지지 않지만 친한 친구가
놀러 와주니 마음이 들뜨기는 했다.

"흐음~, 기쁜 거구나~?"

"하지만, 그것만으로는 부족할 거야."

"……뭐? 어째서?"

"우리는 반쯤 가족이나 다름없고, 네가 **그냥 우리 집에서 자
고 갈 뿐**이어선, 딱히 달라질 건 없어."

"……으음. ……뭐, 하긴…… 그래. 나, 자주 너희 집에 놀러
왔잖아. 자고 가는 건 오래간만이지만…… 역시, 그것만으로는
약하겠네."

"내 말 맞지?"

"그, 그럼, 말이야."

메이는 내 옆에 붙어 앉더니 귓속말로 이렇게 말했다.

"우리…… 사귀지 않을래?"

"…………."

뭔가가 옥죄어드는 소리가, 가슴에서 들려온 것 같았다.

내가 눈을 치켜뜬 채 굳어버리자 메이는 허둥지둥 이렇게 말했다.

"이, 임시야! 임시! 어디까지나 『너에게 첫사랑을 시켜준다』고 하는 작전의 하나로써! 시험 삼아 사귀어보는 게 어떻겠냐는 제안이야!"

"뭐, 뭐야…… 시험 삼아구나."

"그, 그래! 시험! 새, 생각해 봐. 나처럼 귀여운 여자애와 사귄다면 나한테 반하지 않겠어? 순서가 반대지만 말이야."

그래…… 그런 논리구나…….

얘는 정말 자기를 높이 평가하는걸.

"나는 메이가 『여자애를 좋아하는 사람』이라서, 초절정 미소녀가 된 나한테 반한 줄 알았어."

"그럴 리가 없잖아, 이 바보야!"

"미, 미안해."

메이가 옆에서 진심으로 화내서 나는 순순히 사과했다.

"한 번만 더 말할 거니까 잘 들어. 나는, 너를, 남자로 되돌려놓고 싶어! 그것을 위해, 임시로 사귀어줄까…… 라는 감사한 제안을 너한테 하는 거야!"

"네."

나는 순순히 수긍했다. 양손으로 만세를 하면서 말이다.

분명 메이와 사귄 남자는 사랑 고백이나 프러포즈처럼 『인생의 일단락』을 마주할 때마다, 이런 대화를 나눴을 것이다.

메이는 내 어깨를 자기 어깨로 툭툭 치면서 재촉했다.

"그래서? 대답은 뭐야?"

자, 메이의 제안에 뭐라고 답할까.

으음…… 이야기가 좀 어긋나지만…….

나는 남자인 채로는 첫사랑을 할 수 없다.

그렇게 생각하는 커다란 근거를 하나 더 이야기해 두겠다.

야스미 치아키는 남자였던 시절, **메이에게도** 가슴이 두근거린 적이 없는 것이다.

가족처럼 자랐기에…… 이성으로서 의식한 적이 없으니까…….

그래도 남성 한정으로는 카에데보다 더 인기가 많은 메이에게도—.

누구보다도 장점을 많이 아는 상대인 메이에게도—.

누구보다도 성적 매력이 넘쳐나는 메이에게도—.

이제까지 한 번도 반한 적이 없다는 게…… 솔직히 말도 안 된다는 것은 자각하고 있다.

한편, 여자가 되어서 상황이 크게 바뀌자…….

지금의 나는 메이를 상대로 가슴이 희미하게 두근거리는…… 느낌을 받고 있다.

남자였던 시절보다도, 여성에게 엉큼한 마음을 품기 어려워

졌는데도 말이다.

즉, 남자에서 여자가 되면서…… 내 연애 감정을 저해하던 **무언가**가 사라진 것이 아닐까. 혹은 연애 감정을 기르는 **무언가**가, 싹튼 것이 아닐까.

그런 생각이 들었다.

그러니 『시험 삼아 메이와 사귀어본다』라는 이 제안은…….

내가 첫사랑을 하기 위한 방책으로 매우 유효하단 생각이 들었다.

한동안 그런 생각을 한 후 내가 말했다.

"메이는 남친이 있었던 적 있어?"

"뭐, 뭐어? 대뜸 무슨 소리를 하는 거야?"

"여자끼리의 사랑 이야기란 거야. 제대로 된 답변을 하기 위한 정보 수집이라고도 할 수 있어."

"남친이 있었던 적 없어. 물론…… 여친도 없었어."

"그랬구나."

의외, 는 아니다. 메이는 겉모습만 화려할 뿐, 내면은 평범한 여자애니까 말이다.

"실은 나도 태어나서 지금까지, 연인이 있었던 적이 없어."

"알아. 그래서 왜?"

"우리는 서로에게 첫 연인, 이 되는 거야. 그『첫 연애』를……
시험 삼아 소비하는 건…… 좀 그렇지 않을까?"

"순진무구한 처녀 같은 소리를 늘어놓네."

"훗……. 실제로 나는 현재 순진무구한 처녀가 맞거든."

"역겨워."

나에게 이런 심한 말을 하는 여자라고는 가족을 제외하면 메이뿐이다.

그런 귀중한 관계를 소중히 여기고 싶다.

"그러니, 메이와 『시험 삼아 사귀어 본다』는 관둘래. 기왕 사귈 거면, 진심으로 좋아하게 된 후에 하고 싶네."

"흐~음. 그래? 아아~ 이런 기회를 날려버리는 거야? 너, 정말 아까운 짓을 한 거야~."

"그 대신, 제안을 하나 할까 해."

나는 어깨에 맞닿는 거리에 앉은 메이를 향해, 손가락을 하나 세워 보이며 말했다.

"메이, 내 여자 친구가 되어줘."

"뭐……어?"

"나는 여자애 초보자거든. 갑작스러운 관계 변화는 바람직하지 않아. 평소와는 아주 조금 다른…… 친구 관계부터 시작하는 거야."

"흥……. 그건 또 뭐야."

메이는 당혹스럽다는 듯이 쓴웃음을 흘렸다.

"너와 여자 친구라…… 사랑을 하고 싶은 것, 아니었어?"

나는 메이를 상대로 의미한 두근거림을 느끼고 있다.

가능하다면 차근히, 소중히 길러나가고 싶다.

그러니…… 친구부터 시작하고 싶다.

물론 대놓고 그렇게 말할 수는 없다.

왜냐하면 나는 순진무구한 처녀니까 말이다.

"괜찮아. 안심해. 카에데와 너를 지켜보며, 자~알 알았거든. 일부러 『시험 삼아』 안 해봐도……."

그대는 이미, 충분히 에로틱하도다.

그렇게 말했더니 메이는 얼굴을 새빨갛게 붉히며 화냈다.

그런 일이 있었던 다음 날 아침.

"하……암."

일찍 잠에서 깬 나는 하품을 곱씹으며 세면장으로 향했다.

"훗훗훗……. 메이가 우리 집에서 자고 가겠단 소리를 했을 때는 걱정이 이만저만 아니었지만……."

후하핫. 아~무런 문제도 없는걸!

메이의 무자각 유혹으로부터 카에데를 용케 지켜냈다.

역시 나야! 잘했어!

자화자찬의 말이 머릿속에서 메아리쳤다.

좋아하는 사람에게 칭찬을 받는 건 행복한 인생을 사는 데 있어 중요한 일이다.

그래서 나는 자기 자신을 항상 칭찬할 수 있는 삶을 살아가려 했다.

그렇게…….

나는 기분이 한껏 좋아진 바람에 방심한 것이다.

한밤의 목욕 타임을 통과했으니, 섬세한 상황인 내 여동생이 에로에로한 자극을 받을 수 있는 하이 리스크 이벤트는 이제 남아있지 않다고 여겼다.

"어?"

세면장 겸 탈의실에 들어가 봤는데 욕실에서 샤워 소리가 들려왔다.

"안에 누구 있어~?"

물소리에 가리지 않도록 나는 좀 큰 목소리로 그렇게 말했다.

그러자 욕실 문 너머에서 대답이 들려왔다.

"어어, 치아키?! 거기 있어? 문 절대 열지 마!"

어라, 메이구나.

"안 열어. 그것보다, 어젯밤에 샤워하지 않았어?"

"나는 아침에도 샤워해!"

"그렇구나. 시간은 여유로우니까, 느긋하게 씻어."

나는 그대로 세면장을 나온 후 카에데에게 배운 아침 루틴을 실행에 옮겼다.

세수, 스킨 케어…… 솔직히 말해, 전부 성가셨다.

하지만 내 미모를 유지하기 위한 일이라고 생각하니 얼마든지 할 수 있었다.

남자였던 시절보다 매일 하던『자기 가꾸기』의 종류가 늘어났지만…… 오히려 재미있었다. 뭐, 오늘은…… 영 집중이 안 됐지만 말이다.

등 뒤에서 들려오는 샤워 소리 탓이다.

소꿉친구인 미소녀가 저 문 너머에서 샤워 중이라고 생각하니 왠지 거북했다.

"으음…… 이상해. 메이 상대로…… 이런 느낌을 받다니 말이야."

이렇게 여자의 몸이 되고 나니…….

남자였을 때보다 여성의 성적 매력에 둔감하다는 것을 자각하고 있었다.

하지만 남자였을 때보다 메이를 의식하게 되는 건 왜일까?

영문을 모르겠지만…….

"치아키~, 나 슬슬 나갈 건데~. 언제까지 거기 있을 거야~?"

"아, 응! 금방 나갈게!"

나는 생각을 멈추며 세면장 밖으로 나갔다.

그러자 이번에는 카에데와 마주쳤다.

"좋은 아침이야, 카에데."

"……좋은 아침이에요, 야스미 씨."

"오늘도 일찍 일어났구나."

"……목욕하고 싶어서요."

꾀병을 부렸던 여동생은 어찌 된 건지 낯빛이 나빴고 얼이 나
간 것 같았다. 진짜로 감기에 걸린 걸까…… 아니면 궁지에 몰
린 탓에 잠을 거의 못 잔 걸까.

나는 그런 걱정을 하면서 여동생의 옆을 지나쳐서 몇 걸음 걸
어간 후—.

"어? 잠깐만 있어봐."

그제야 눈치챘다.

—방금, 카에데가 어디로 향했더라?

"앗! 카에데! 잠깐, 기다—."

뒤돌아보며 말리려 했지만, 한발 늦고 말았다.

"우왓! 미안해, 카에데! 있었구나?!"

"메, 메이……?!"

탈의실에 들어선 카에데는 욕실에서 나온 메이와 딱 마주치
고 말았다. 내 위치에서는 메이가 보이지 않지만…… 상황은 명
백했다.

"끄, 끝났어……."

돌이킬 수 없는 사태가 벌어지자 나는 전율했다.

일전에 카에데는 세계 제일의 초절정 미소녀인 내 반라를 보고 이성을 잃었다.

그런 그녀가 에로함만으로 본다면 나마저도 능가하는 메이의 실오라기 하나 걸치지 않은 모습을 목격한다면!

아아아아아앗! 완전히 폭주할 게 틀림없다고!

당황할 때가 아니다. 지금 내가 해야 할 일은…….

메이의 정조만은 지켜내고 말겠어!

"머, 멈춰!"

각오를 다지며 탈의실에 뛰어들었다.

그런 내 눈에 들어온 것은…….

"윽……!"

"우왓!"

눈에 눈물이 맺힌 채 탈의실 밖으로 뛰쳐나가려 하는 카에데의 모습이었다.

여동생은 나와 세게 부딪친 후 구르듯이 밖으로 나갔다.

그 모습은 저번에 자라났을 때와 **완전히 똑같았다**.

그 이상도, 그 이하도 아니었다.

즉, 아슬아슬하게 이성을 유지한 것이다.

일전에 내 반라를 목격했을 때와는 다르게 말이다.

"말도 안 돼…… 겨, 견뎌낸 거야……?"

저…… 에로한 메이의 알몸을 보고도……?

대단해, 카에데. 꽤 하잖아……. 역시 강철의 결벽증. 역시 얼음 왕자.

내가 여동생의 정신력에 찬사를 보내고 있을 때…….

"치이?"

무시무시한 목소리가 들려왔다.

"메, 메이……?"

그제야 나는…… 눈앞의 광경을 인식했다.

여동생에게 정신이 팔려 의식하지 못했던 광경을 말이다.

카에데를 도주하게 만든 메이의 실오라기 하나 걸치지 않은 모습이 아까부터 내 눈앞에 존재했던 것이다.

팔로 아슬아슬하게 가려질 만큼 커다란 가슴.

거기서 시선을 들어 올리자, 분노와 수치심으로 뒤섞인 미소녀의 미소가 눈에 들어왔다.

"뭔가, 할 말 없어?"

"……내 알몸을 보여줄 테니까, 비긴 걸로 하지 않을래?"

내 최대한의 성의는 메이에게 전해지지 않았고 그 대신 특대 벼락이 떨어졌다.

탈의실에서 쫓겨난 나는 터벅터벅 걸으며 생각했다.

"으음~."

역시 단순하게 에로틱함만의 문제는 아닌 걸까~.

나는 방금 불가항력으로 메이의 알몸을 목격했다.

내 가슴 속에 존재하는 두근거림에는 변화가 없었다.

미세하게 흔들리긴 했을지도 모르지만 그게 전부였다.

그저 미안한 짓을 했다는 마음만 강하게 들었다.

9할 9푼의 남자가 몰입하고 말았을 광경이, 남자였던 시절의 야스미 치아키일지라도 생리적 반응을 참을 수 없었을 광경이, 지금의 나에게는 **통하지** 않았다.

여자가 되고서야 비로소 생겨나려 하는 내 연심은, 현재 메이에게 에로틱함을 요구하고 있지 않은 것 같았다. 그녀의…… 다른 부분에 반응하는 느낌이 들었다.

"연심이란…… 대체……."

고민에 찬 신음을 흘리며 계단을 올라갔다.

카에데의 방 앞에 멈춰선 후 문에 노크했다.

"카에데, 괜찮아?"

대답이 없었다. 1층에서 모습이 보이지 않았으니 여기 있는 게 틀림없을 텐데 말이다.

"문 열게."

문을 열었다. 커튼이 쳐진 실내는 어둑어둑했다.

카에데는 잠옷 차림으로 침대 위에서 몸을 웅크리고 있었다.

"멋대로 들어와도 된다고…… 말한 적 없거든요?"

"네가 어쩌고 있는지 보러온 건데…… 전혀 괜찮지 않아 보이네."

언제나 냉정하고 나보다 더 완벽 초인인 여동생이 내 앞에서 풀이 죽어 있었다.

최근 며칠 동안 몇 번이나 본 광경이다. 마음이 복잡해서 무슨 말을 건네면 좋을지 모르겠지만…….

"대단한걸."

본인 앞에 서자 자연스럽게 입에서 말이 흘러나왔다.

"메이의 무자각 유혹을, 용케 견뎌냈어."

"……놀리는 거예요?"

카에데는 푸념을 늘어놓더니 자신의 두 무릎에 얼굴을 대려는 듯이 고개를 숙였다.

"후후…… 후후후……. 마음껏 비웃으세요. ……지금의 저는…… 제가 쭉 혐오해 온 남자들과 똑같아요……. 아니, 더 못해요."

생각했던 것보다 더 풀이 죽어 있네!

동생아, 웃음소리가 되게 섬뜩하다고.

"신경 쓰지 마. 그건 질병 같은 거잖아."

나는 진심에서 우러난 말을 건넸다.

확실히 카에데와는 최근 몇 년 동안 거리를 뒀고 저 애는 나에게 쌀쌀맞은 태도만 보였다.

하지만 그녀의 약한 모습을 보고 싶단 생각은 한 적이 없다.

카에데는 앞으로도 나의 강력한 숙적이 되어줬으면 한다.

진심으로 그렇게 생각한다.

카에데는 고개를 숙인 채 작게 중얼거렸다.

"질병이라고 해도…… 제가 저를 용서할 수 없어요. 이런…… 저열하고, 파렴치한…… 지금도, 방심했다간…… 여성의 가슴에서…… 눈을 떼지 못해요."

여자가 되고서야 비로소 알게 된 것이 있다.

남이 자신에게 엉큼한 눈길을 보내면 바로 눈치챈다는 점이다.

뭐, 좋아. 닳는 것도 아니잖아. 얼마든지 봐. 우리는 가족이잖아.

카에데는 고개를 격렬하게 저었다.

"미안해요. 이런 말을…… 할 생각이었던 건, 아니에요."

"…………."

곤란한걸……. 아까는 자연스럽게 말이 입 밖으로 나왔는데 말이다.

풀이 죽은 여동생에게 뭔가 센스 있는 말을 해줘야 하는 상황인데…….

카에데가 『치아키 언니』를 좋아하게 할 절호의 기회인데…….

나는 아무 말도 해주지 못했다.

왜냐하면 카에네가 내 가슴을 힐끔힐끔 쳐다보고 있을 뿐인데, 아까부터 쭉…….

꼬오오오옥~ 하고 가슴이 옥죄어드는 듯한 감각이 밀려와서다.

예를 들자면 독감의 고통과 술에 취한 느낌을 합친 후에 마구 뒤섞은 것만 같았다.

"하아……."

입에서 흘러나온 숨결은 뜨거워서 봄인데도 더위를 먹은 것만 같았다.

"으음…… 한 번 더 말하지만…… 너무 신경 쓰지 마."

겨우겨우 그런 말만 토했다.

"일주일 정도면 고칠 수 있다잖아. 그동안 학교를 쉬면 돼. 감기에 걸렸다고 둘러대는 거야."

실제로 카에데는 감기에 걸렸을 때보다 몸이 훨씬 나쁘다.

"아뇨……. 학교에는 가겠어요."

바로 그때, 가라앉아 있던 카에데의 분위기가 확 달라졌다.

고개를 들고, 등을 꼿꼿이 펴면서, 일어선 것만으로…….

원래의 늠름하고 차가운 왕자님께서 귀환했다.

"더는, 저 자신이 싫어지고 싶지 않으니까요."

물론 허세를 부리는 것이겠지만…….

그렇기에…….

"흐음~ 멋진걸."

"……흥. 당신한테 칭찬을 받아봤자 기쁘지 않거든요?"

언짢은 듯이 고개를 돌린 카에데는…… 필사적으로 내 가슴에서 눈길을 떼려 했다.

이렇게…….

카에데는 억지로 기력을 쥐어 짜내서 다시 일어선 것처럼 보였지만…….

나중에 생각해 보니 그렇지 않았다.

결과만 본다면 학교에 보내선 안 됐다.

오기가 너무나도 센 내 여동생의 정신은, 이미 한계에 도달해 있었다.

그 후…….

카에데는 평범하게 학교에 가서, 아무 일도 없었다는 듯이 팬인 여자 집단과 교류하고, 단정한 자세로 성실히 수업을 들었다.

그야말로 정상영업 중인 왕자님 라이프를 나에게 과시했다.

평소와 마찬가지로 야스미 치아키는 속이 부글부글 끓었지만…….

마음 한편으로 안심했다.

흥, 뭐야~ 카에데 자식…… 괜히 사람에게 걱정 끼친 거냐고.

그렇게 생각하며 가슴을 쓸어내린 것이다.

나는 정말 여동생을 아끼는 미소녀일 것이다.

겉모습만이 아니라 마음마저 아름답다니 그야말로 천하무적인걸.

머릿속으로 자화자찬해서 나는 마음을 진정시켰다.

하지만—.

사건은 점심시간 직전의 수업 중에 시작됐다.

내 자리에서는 카에데의 자리가 잘 보인다.

그래서 가장 먼저 눈치챘다.

쟤가 몸을 계속 꼼지락거린다는 사실을 말이다.

화장실에 가고 싶은데 참는 것일까? 하고 생각했다.

"으음…… 카에데가 그럴 리가 없어."

내 여동생은 신경질적일 정도로 매사에 철저하게 준비하는 타입이다. 신호가 오면 바로 화장실에 다녀올 것이다.

그렇다면…… 예의 그것이…… 즉, 자라난 것일지도 모른다. 하지만…….

거기를 식혀주면 문제가 해결될 텐데 아까부터 계속 저러고 있었다.

게다가 자라난 원인이 짐작되지 않았다. 지금은 수업 중인 것이나.

자극적인 성적 콘텐츠를 접수할 리가…….

나는 고개를 갸웃거리다, 눈치챘다.

카에데의 앞자리에 앉은 메이의…… 검은색 브래지어가 셔

츠에서 비쳐 보이고 있었다!

"어…… 서, 설마……."

카, 카에데, 너…… 저걸 본 거야?

"으……음."

믿기지 않지만, 다른 후보는 찾을 수 없었다.

―이 증상…… 굳이 증상이라고 부르겠는데…… 서서히 악화되고 있어.

―『부분적인 성전환』이 재발하기 쉬워졌다는 말이야.

유우코 누나가 그렇게 말했지만 이 정도일 줄이야.

아, 지금은 고찰이나 하고 있을 때가 아니다.

"선생님!"

나는 즉시 행동을 취했다.

"카에데의 몸이 나쁜 것 같으니, 보건실에 데려갈게요!"

얼굴이 새빨개지고 눈가가 촉촉이 젖은 카에데는 감기에 걸린 것처럼 보였다.

그러니 아무도 내 말을 의심하지 않을 것이다.

우리 둘은 복도로 나갔다.

치마 앞쪽을 손으로 누르며 걷는 카에데는 몸이 매우 나빠 보였다.

"어이…… 괜찮아? 비틀거리고 있잖아."

"……다가오지, 마세요."

"하지만 혼자서는 걸을 수도 없는 상태잖아."

"정말…… 괜찮으니까…… 야스미, 씨는…… 교실로…… 돌아가세요."

이 반응…….

혹시, 내가 곁에 있으면 더 괴로운…… 걸까.

맙소사……. 야스미 치아키 양이, 지나치게 미소녀인 탓에…….

"그런 거구나……."

나는 몇 걸음 물러서며 카에데와 거리를 뒀다.

하지만 괴로워하는 여동생을 내버려두고 갈 수는 없었다.

"좀 떨어져서 같이 갈게. 그건 괜찮지?"

"…………."

카에데는 대답하지 않더니 허벅지를 한껏 오므린 채 비틀거리며 걸었다.

"……윽…… 후우…… 하아……."

카에데는 눈동자가 촉촉하게 젖은 상태로 갓 태어난 새끼 사슴처럼 걸으면서…….

손수건으로 감싼 아이스팩을 사타구니에 댔다.

"……하아…… 하이……."

그래도 전혀 가라앉지 않는 건지…… 여동생은 악전고투하고 있었다.

평소의 나라면 손가락질하며 폭소를 터뜨렸을 만큼…… 우스팽스러운 광경이지만…….

지금은 웃을 수 없었다.

"카에데. 누나를 찾아가면, 어떻게든 될 거야."

"……네."

나는 너무 다가가지도, 너무 떨어지지도 않으면서 걸음을 옮겼다.

카에데의 시야에 들어가지 않도록, 너무 다가가지 않도록 뒤편에서 걸었다.

그 바람에, 그 순간에도 제대로 도와주지 못했다.

"앗."

계단을 내려가려던 카에데가 발을 헛디뎠다.

"위험해!"

나는, 반사적으로 손을 내밀어서―.

카에데를 감싸며 층계참에 떨어졌다.

"윽……."

엉덩이와 등에 충격이 가해졌다.

"아야야…… 카에데, 괜찮―."

말을 건네려던 순간, 눈치챘다.

우리의 지금 자세를 말이다.

"……카…… 카에데……?"

카에데는 대답하지 않았다. 그 대신 음탕한 신음 소리가 귓가에서 들려왔다.

"……아…… 아…… 아아아……."

아래편에 깔린 나는, 그녀가 짓고 있는 표정도 살필 수가 없었다.

알고 있는 건 우리가 지금 반쯤 부둥켜안은 상태에서 바닥을 구르고 있다는 점이다.

완전히 몸을 밀착시킨 채…… 허벅지의 맨살이 맞닿아 있었고…….

내 셔츠 앞섶은 단추가 또 떨어져 나가며 훤히 벌어지면서—.

그야말로 매우 위험한 상황, 이었다.

카에데의 머리카락에서 흘러나온 달콤한 향기 탓에 나는 의식이 몽롱해졌다.

"……아."

아차. 사고 쳤어.

일전의 그때보다, 더 심각한 상황이야……!

아무튼 이대로 계속 있을 수는 없다.

나는 다급히 카에데를 밀쳐내려 했지만—.

"윽……!!"

손목에서 통증이 느껴졌다.

아무래도 카에데를 감싸며 떨어지는 와중에 어딘가에 부딪힌 것 같았다.

뼈는 부러지지 않은 것 같은데…… 피부가 새하얀 탓에 새빨 갛게 부풀어 오른 환부가 더 아파 보였다.

"아……."

비틀거리며 몸을 일으킨 카에데는 환부를 보더니 얼굴이 새 파랗게 질렸다.

그리고 떨리는 입술을 희미하게 움직여서 말했다.

"미안……해요……. 저…… 저……!"

"아니, 이건 네 탓이—."

나는 상황이 더 나빠지는 것을 막기 위해 입을 열었으나 내가 끝까지 말하기도 전에…….

"윽!"

카에데는 튕기듯 계단을 뛰어 내려갔다.

내가 아픔을 참으며 몸을 일으켰을 때 카에데는 이미 계단 층 계참 너머로 사라졌다.

"하아, 정말! 진짜 사람 말을 안 듣는 애야!"

이런 살짝 삔 상처보다 자기가 훨씬 힘든 상태잖아!

앞으로의 고등학교 생활이 풍비박산 날 수도 있는 상황이라고!

"남일로 당황할 때냐! 이 바보 천치야!"

나는 허둥지둥 쫓아갔다.

카에데가 나한테서 도망치려 하는 것도, 그러는 이유도 물론 알면서 말이다.

계단으로 1층까지 내려간 나는 주위를 둘러보며 카에데를 찾았다.

"저쪽이구나!"

발견한 카에데를 뒤쫓아갔지만 좀처럼 따라잡을 수 없었다.

이 약해빠진 몸 때문에 답답해 죽겠네!

"윽……!"

바로 그때, 갑자기 몸이 크게 휘청인 카에데는 어찌어찌 균형을 잡자마자 도서실 안으로 들어갔다.

"카에데, 너. 뭘……."

나도 쫓아갔다.

카에데는 문을 닫아서 내가 못 들어오게 하려 했다.

하지만 나는 아슬아슬하게 문틈으로 미끄러지듯 들어갔다. 그리고 오래된 책 냄새가 자욱한 도서실 안에서, 카에데와 대치했다.

"왜…… 쫓아오는…… 거예요…….."

"하아…… 하아…… 그…… 그야 걱정이…… 되어서지…….."

숨이 턱까지 찼다.

카에데는 치마 앞쪽을 손으로 누른 체, 입술을 꼭 깨물었다.

마치 무언가를 참듯이—.

"빨리, 저한테서…… 떨어지세요……. 제가…… 또 이상해…… 지기 전에…….."

이것은 그저께 밤과 똑같은 상황이다.

이성을 잃고 나를 덮치려 했던 바로 그때와 말이다.

"대체 어쩌려는 거야?"

단적으로 물었다. 그러자 카에데는 발을 동동 구르면서 나와 거리를 벌리려 했다.

"야스미 씨가, 나가면…… 문을 잠그겠어요. 혼자서 어떻게든, 할게요. 괜찮아요……. 주위에 사람도 없으니…… 식히면 금방……."

그래서는 낫지 않으니 이런 상태가 된 거잖아.

나는 고개를 저었다.

"수업이 끝나서 쉬는 시간이 되면, 사람이 올 거야. 그저께도 혼자서 어떻게 하는데 다음 날 아침까지 걸렸다며."

"……유우코 언니한테 들었나요. 제발 말하지 말라고 그렇게 부탁했는데……."

"누나가 입이 가벼워서 정말 다행이네. 덕분에 너한테 구슬려지지 않았잖아."

나는 카에데에게 한 걸음 다가갔다.

그러자 카에데는 겁먹은 것처럼 한 걸음, 뒤로 물러났다.

나는 또 한 걸음 내디뎠다.

"흥. 30분 뒤면 여기에 사람이 올 거야. 문을 잠그더라도 시간을 많이 벌지는 못하겠지. 치료할 방법도 없고, 이동할 여력도 없다면, 혼자서 어떻게든 하는 건 무리라고."

"설령 그렇더라도, 다른 방법이 없잖아요. ……다가오지 마세요."

카에데는 비틀거리면서 더 후퇴했다.

그때마다 나는 전진했고— 이윽고, 카에데를 궁지에 몰았다.

카에데의 등이 벽에 닿았다. 이제 물러날 곳이 없다.

"다…… 다가오지 말라고 했잖아요. 빨리 저한테서 떨어져요! 안 그러면……."

"안 그러면? 안 그러면 어쩔 건데?"

나는 벽에 손을 짚으며 얼굴을 내밀었다.

"안 그러면…… 안 그러면…… 또, 머릿속이, 이상해져서…… 당신을……."

그녀의 시선이 엉큼하게 내 몸을 훑는 게 느껴졌다.

오싹오싹하며 등골을 타고 한기가 흘렀지만…… 내가 이 정도 일로 당황할 리 없다.

"나를 덮칠 거란 소리야? 훗…… 하하하…… 하하하!"

"이 상황에서, 왜, 웃는……."

"하~ 하하핫! 아~ 하하핫!"

나는 목청껏 비웃었다.

무엇을 비웃었냐고? 어렴풋이 머릿속을 스친 **두려움**을, 우리답지 않은 **한심함**을 말이다.

아아…… 정말 꼴사납다.

사태를 극복할 방법은 한참 전에 생각났는데!

주저하고 말았다.

그것도 그럴 것이 이 작전은 무지무지무지 아플 것 같고, 성공 여부를 떠나서 어마어마하게 사이가 서먹해질 것이다.

몇 퍼센트의 확률로 죽을 수도 있다는 생각마저 들었다.

그래, 인정하겠다. 솔직히 말해 진짜로 무섭다.

하지만, 그게 전부다.

그게 전부인 것이다.

여동생이 사회적으로 사망하는 것보다는 낫다.

카에데가, 그녀답지 않게 우는 것보다는…….

괴로워하는 모습을 묵묵히 지켜보는 것보다는…….

훨씬, 훨씬 낫단 말이다.

이제 와서 주저한다는 건—.

피식, 하고 실소를 흘렸다.

"말도 안 되지."

멀리 있는 사람은 소리라도 들어라. 가까이 있는 사람은 두 눈으로 똑똑히 봐라!

나는 야스미 치아키.

예전에는 일본 제일의 남자였고 지금은 세계 제일의 미소녀 이노라!

"걱정하지 마, 카에데! 이 정도 궁지로 당황할 필요 없어. 내가 말했지?『어렵지만 확실한 방법』이 있다고 말이야!"

나는 그대로 상의를 벗어던졌다.

내 가슴팍에 달린 크고 묵직한 물체가 희미한 고통을 자아내며 위아래로 출렁거렸다.

"내가, 구해주겠어."

그리고, 당당히 말했다.

"카에데, 야한 짓을 하자!"

"어…… 어어어엇?!"

내 당당한 선언을 들은 순간, 카에데는 한순간 제정신을 차렸다.

"무, 무슨…… 무슨 바보 같은 소리를 하는 거예요?!"

"그, 그야 물론, 이 상황을 무사히 극복할 현실적인 방법이야."

각오를 다지고 한 말이지만 그렇다고 부끄럽지 않은 건 아니었다.

온몸이 열을 뿜으며 타들어 가는 것만 같았다.

"그, 그런 짓을 어떻게 해요! 여자끼리…… 게다가 자매잖아요……! 저는, 당신을, 정말 싫어하는데…….."

전적으로 동감하고, 지당하기 그지없으며, 뼈저리게 심정을 이해한다.

이런 방법으로 해결했다간 사이가 서먹해지는 정도로 끝날

리가 없다.

알고 있다. 알고 있지만……!

"다른 방법이 없어."

내 가슴을 응시하던 카에데가 고개를 들었다.

그녀의 눈에는 이해의 빛이 어려 있었다.

"당신의, 그런 면이…… 정말 싫어요. 낙천적이고, 제멋대로에, 잘난 척해댈 뿐만 아니라, 배려심이 없어요. 당연하다는 표정으로, 자기를 희생해서 저를 지키려고 하죠……."

카에데는 거부할 수 없는 충동을 참으며 증오마저 어린 눈동자로 나를 노려봤다.

"항상, 항상, 항상, 항상…… 대체 왜 이러는 건데요! 아무도, 이런 걸 부탁하지 않았다고요!"

"후하하하, 부탁받은 적 없어! 너한테 허락을 받을 생각도 없지!"

항상 그랬다.

몇 번이고, 여동생에게 져서 분통을 터뜨리더라도…….

몇 번이고, 자신이 여동생보다 뒤떨어진다는 것을 깨닫더라도 말이다.

왜냐고?

"자기희생? 내가? 그런 짓을 할 것 같아? 머~엉청아! 그런 이유로 내가 나설 것 같아?!"

"그럼, 왜……."

"내가 야스미 치아키이고, 네가 야스미 카에데라서야!"

"……!"

카에데는 눈을 치켜떴다.

나는 말을 이었다. 도전하듯이 말이다.

"예전에는 일본 제일의 남자였고, 지금은 세계 제일의 초절정 미소녀인 바로 내가! 궁지에 빠진 여동생을 내버릴 리가 없잖아! 게다가 그 상대는, 내가 유일하게 열등감을 느끼는 너라고!"

이런 절호의 복수 기회는 두 번 다시 찾아오지 않을지도 모른다.

"하하하하하! 각오하라고, 카에데! 무지 멋지게 너를 구해줘서, 나한테 홀딱 반하게 만들어 주겠어~!"

"그런 한심한 이유로…… 정말, 당신은…… 항상, 제 말을…… 들은 척도 안 한다니까요."

아랫입술을 너무 세게 깨문 나머지, 카에데의 피가 바닥에 떨어졌다.

카에데는 옛날부터 몇 번이나, 방금도…… 입버릇처럼 말했다.

야스미 치아키의 그런 면을 싫어한다고 말이다.

"똑똑히 듣고 있어. 고칠 생각이 없을 뿐이야."

닉천적이지 않은 나는, 내가 아니다.

제멋대로에 우쭐대지 않는 카에데가 원치 않는데도 그녀를 도우려 하지 않는 야스미 치아키는—.

나일 리가 없다.

"그럼, 경멸하게 해주겠어요. 저 같은 건, 구해줄 필요가 없다는…… 생각이 들 정도로요."

카에데의 눈빛이 가라앉더니 욕정과 자포자기로 물들었다.

그리고—.

"……저…… 저는……."

눈물을 흘리며 외쳤다.

"여자가 된 당신을 좋아해요!"

"……뭐, 뭐어?"

느닷없이 전혀 예상치 못한 정보를 접하니 아무리 나라도 당황할 수밖에 없었다.

오버히트 상태인 카에데는 마치 불을 뿜을 듯한 자신의 얼굴을, 서로의 입술이 닿을락 말락 하는 거리까지 내밀더니…….

처음 본 그 순간부터 너무 좋아해서 견딜 수가 없었어요! 외모도! 목소리도! 체취도! 그렇게 싫어했던 성격마저 사랑스러웠지만, 그걸 인정할 수 없었죠! 좋아하는 사람한테, 심한 짓을 하고 싶지 않아서! 쭉, 쭉…… 참았는데……!"

왜 다 망쳐버리는 건데…….

카에데의 촉촉이 젖은 눈동자가, 그렇게 말하자—.

"……어…… 으음…… 아니…… 저기…… 어……?"

허용량을 아득히 능가하는 **두근거림**이 연애 초보자인 내 가슴에 쏟아져 들어오고 있었다.

그것은 내가 각오하고 있었던 순결을 잃는 아픔보다 훨씬 강렬했기에…….

실신하지 않은 것 자체가 기적처럼 느껴졌다.

"카, 카에데는…… 나를…… 좋아하는, 거야?"

내가 묻자, 그녀는 굴욕과 수치심 탓에 얼굴을 일그러뜨리면서…….

"좋아, 해요."

그렇게 고개를 끄덕였다.

카에데는 고개를 세차게 저으며 입을 다물었다. 그리고 호흡이 흐트러진 상태에서 말을 이었다.

"남자인 야스미 씨는……저, 정말, 정말…… 싫어했는데…… 지금의 당신은…… 이렇게…… 더는 저도 어쩔 수가 없어요."

카에데의 눈동자에 맺힌 눈물이 쉴 새 없이 흘러내렸다.

"……어때요? 기분 나쁘죠? 같은 여자가 된 오빠 상대로 흥분하는 거잖아요. 싫어하게, 됐나요? 성별이 바뀌었을 뿐인데, 그게 다인데…… 그렇게, 싫어하던 상대를…… 좋아하게 되어 버리다니…… 도와줄, 마음이, 가졌죠? 하긴, 꼴사납게 흥분해서…… 야한 짓 할…… 생각만 하니까요……."

양손으로 얼굴을 감싸고—.

"······그만······."

비통하게 울부짖었다.

"그만 나가 주세요!"

그런 말을 듣는다고─.

이 내가······.

순순히 나갈 거라 생각한 걸까?

"······말, 도······."

나는 금방이라도 터질 듯한 가슴을 억누르며 외쳤다.

"말도 안 되는 소리 하지 마! 남을 좋아하게 되는 게, 뭐가 나쁜데?! 부끄럽지 않은 연애 따윈 없어!"

하지만 카에데한테는 전해지지 않았다.

"괜히 잘 아는 척 하지 마세요! 사랑을 해본 적도 없잖아요!"

"지금, 하고 있어."

"······네?"

"지금, 하고 있단 말이야!"

"누구, 를요?"

"너야!"

"뭐······ 뭐, 뭐······."

흥, 좋았어······. 한 방 먹여줬네.

아마 나는 카에데의 열렬한 고백을 듣고 소용돌이치는 듯한 연애 감정에 취해버린 것이리라.

그래서 반쯤 될 대로 되란 심정으로 외쳤다.

"나는! 지금의 너를! 거시기가 자라난 카에데를! 좋아한다는 말이야!"

『카에데의 고백』따위는 별것도 아닐 만큼 부끄럽기 그지없는 소리를 내뱉었다.

"무, 무슨 그런 고백이 다 있어요!"

"나도 말할 생각은 없었어! 눈치챌 리도 없었다고! 하지만 좋아하게 됐으니 어쩔 수 없잖아! 여자가 되고 **처음 본 순간부터** 좋아하게 됐다는 걸…… 눈치채고 말았으니까 어쩔 수 없단 말이다!"

그러니 카에데를 지키려 하는 것은 가족이라서만이 아니다.

남매라서만도 아니다.

같은 날에 태어난 쌍둥이이자…….

또 하나의 자신이나 다름없으니까, 라는 것만도 결단코 아니다.

"온 세상 사람들이 이상하다고 생각해도, 역겨운 변태라며 경멸해도, 최초의 소망과 다를지라도오오!!"

─전심전력을 다해 첫사랑을 쟁취할 것을 맹세합니다!

입학식에서 했던 맹세가 머릿속에 떠올랐다.

"꿈이 이뤄졌다는 사실을, 없었던 일로 삼을 수는 없어!"

인정하고 싶지는 않지만…….

"이게 내 첫사랑이야."

하아…… 하고, 뜨거운 숨결을 토했다.

해야만 하는 말을 전부 토했다. 해선 안 되는 말도 전부 토하고 말았다.

이것으로 카에데의 죄책감이 조금은 옅어지면 좋겠지만…….

그 대가로, 내 첫사랑은 최악의 형태로 끝나려 하고 있었다.

후회는 없다. 없지만…… 아주 조금, 쓸쓸하다.

모처럼 꿈이 이뤄졌는데…….

더할 나위 없을 만큼 완벽하게, 내가 한 말을 실천에 옮겼는데…….

왜, 이런 기분을 맛봐야만 하는 것일까.

나는 그저 사랑을 하고 싶을 뿐이다.

사랑을 모르는 나의 가슴을 뛰게 해준다면 운명의 상대가 누구라도 상관없다.

여자든, 남자든, 노인이든…… 아니, 인간이 아니라도 괜찮다.

우주인이든, 요괴든, Vtuber든, 나를 진짜로 반하게 만드는 상대라면 누구라도 좋다.

왜 하필이면…… 쌍둥이 여동생에게 가슴이 뛴 것일까.

애는 안 돼. 애만은…… 절대 안 돼.

내가 세상에서 가장 좋아해선 안 되는 상대에게, 내 가슴이 뛰고 말았다.

이 세상의 어른들에게 물어보고 싶다.

당신은 꿈은 **제대로** 이뤄졌습니까, 하고 말이다.

이렇게…… 이런 식으로…… 이건 아니잖아~ 싶은 느낌으로 이뤄진 사람 있어?

꿈은 그런 거야? 사랑이란 건 이렇게 어처구니없는 거야?

그렇다면 세상 살기 참 막막하네~. 어른 여러분은 용케도 이 딴 세상을 당당히 살아가는걸.

……아아, 다 끝났어.

이제 될 대로 되어버려. 구워 먹든 삶아 먹든 알아서 해.

이런 자포자기한 심정으로 무참하게 첫사랑이 끝나는 순간을 기다렸다.

하지만 내가 본 것은 이성이 한계에 도달한 카에데도, 인상을 쓰며 내 고백을 거절하는 카에데도 아니었다.

"이딴……!"

쿵, 하는 소리를 내며 벽에 이마를 세게 찧는 카에데의 모습이었다.

한 번만이 아니었다.

몇 번이고, 몇 번이고, 자살이라도 하려는 듯이 아름다운 얼굴을 상처입히면서 피를 흘리고 있었다.

"이딴, 이딴, 이딴……."

"뭐, 뭐 하는 거야! 그만해!"

내가 팔을 뻗어서 말리려 하자—.

"이딴 식으로……!"

카에데가 상냥히 나를 안아줬다.

"제 것으로, 만들 수 있을 리가, 없잖, 아요……!"

"뭐…… 뭐, 뭐…….'

무슨 일이 일어난 것인지 모르겠다.

두 눈이 핑핑 돌았다.

난폭하게 유린당할 것을 각오했던 나는, 뜻밖에도 이런 상냥한 감촉이 느껴진 탓에 머릿속이 혼란에 빠졌다.

품에 안긴 상태에서 고개를 들어보니 피에 젖은 그녀의 아름다운 얼굴이 눈에 들어왔다.

소름이 돋을 만큼 아름다운 그 얼굴에서 눈을 뗄 수가 없었다.

"당신은, 정말, 바보라니까요."

결정타는, 귓가에서 들려오는 그녀의 달콤한 속삭임…….

"제가, 좋아하게 된 사람에게, 그런 짓을 할 수 있을 리 없잖아요."

"미안해……. 하지만, 너무 괴로워 보여서…….'

바뀌었어! 역할이! 바뀌었다고~!

이게…… 아닌데…… 아니라고…….

그런 내 마음과 달리…….

나는 첫사랑의 품에 안겨 여자애처럼 눈물을 흘렸다.

에필로그

"저…… 저기…… 카에데?"

"왜 그래요? 야스미 씨."

"빨리 이동하지 않을래? 곧, 다른 사람이…… 올 거야."

"……그, 래요. ……하지만, 잠시만 더, 이대로 있고 싶어요."

내 귓가에서 그렇게 속삭인 카에데는 내 머리를 가슴으로 꼭 끌어안았다.

"꺄앗…… 으…… 으으으………… 끄으응."

바, 바로 내가…….

다른 사람도 아니고, 바로 내가…….

"야, 이상하다고! 왜! 갑자기…… 이렇게 들러붙는 건데?!"

"……저를, 좋아한, 다면서요?"

"으아아아아아아앙아아아아~~~~~."

맙소사.

나! 지금! 15년 간의 인생을 통틀어!

가장! 흐물흐물해졌다고오오!

몸에 힘이 안 들어가~.

"파, 파렴치해……. 이러면 안 되거든?! 형제자매가! 이러면 안 돼!"

"아까 말했죠? 부끄럽지 않은 연애 따윈 없다……고요."

"끄아아아아아아아아아아아아~~~~~."

귀와 마음이 간지러워서 미치겠다!

우와아아…… 누가 좀 도와줘.

타락할 것 같아……. 이대로 있다간 나, 카에데 님 탓에 타락할 것 같다고…….

"애, 애애, 애초에, 저기…… 카에데, 너…… 괜찮은 거야? 피가……! 게다가…… 이렇게…… 실컷…… 내 몸을…… 만져도……."

그렇게 묻자 뜨거운 숨결이 내 귀에 닿았다.

"괜찮아요……. 당신의 고백에 너무 놀란 바람에…… 피도, 몸도…… 진정된 것 같아요."

"그게 말이 되냐아아앗?!"

몸에 고통을 가해 억지로 정신을 차린 것 같지만―.

"얼굴에 흉터라도 남으면 어쩌려고 그래?! 다시는 이런 짓하지 마! 빨리 치료하자!"

"그렇게, 남의 일로는 금방 진지해지는…… 당신의, 그런 면을……."

"흥. 싫어하는 거지?"

"네. 하지만……."

"정말 좋아해요, 언니."

지금, 이 순간―.

카에데는 타고난 『매료』의 마법을 생전 처음 의도적으로 쓰고 있다.

그 표적이 된 나는, 눈조차 제대로 맞추지 못하며…….

"윽…… 큭…… 이 자식……!"

그저, 야릇한 패배감에 젖어 들었다.

다음 날 아침, 야스미 가의 거실에서…….

"야스미 씨…… 어제 일은, 우리 둘 다 잊기로 해요."

교복 차림인 카에데는 완전히 원래대로 돌아왔다.

태도도, 몸도 말이다.

끔찍한 첫사랑을 경험한 우리의 데이터는 유우코 누나의 연구를 비약적으로 진행하게 했고, 덕분에 카에데는 어제 완전히 여성의 몸으로 되돌아왔다.

걱정했던 이마의 상처 또한, 겸사겸사 흔적도 남기지 않고 사라졌다.

또한, 본인의 말에 따르면…….

아무래도 나를 향한 연심까지 깨끗하게 사라저 버린 것 같았다.

웅대하기 그지없었던 거시기와 함께 말이다.

정말…… 한숨밖에 안 나오는 상황이다.

"하룻밤 실수였다는 말로 책임을 분산하려고 하지 마. 나는 네 몸에 손가락 하나 대지 않았거든?"

일방적으로 포옹 및 부비부비를 당한 피해자는 바로 나다.

그렇게 딱 잘라 주장하자 카에데는 얼굴을 살짝 붉히면서 금단의 카드를 꺼내 들었다.

"하지만, 저한테 고백했잖아요?"

"너도 나한테 고백했잖아!"

"그러니까 그건! 저, 저주 같은 거나 다름없었다고요! 여러모로 이상해진 나머지…… 진짜 제가 아니었어요! ……게, 게다가…… 당신이 훨씬, 열렬하고 부끄러운 고백을 했거든요? 지, 『지금의 저』를…… 좋아한다니…….."

"……확실히 그건, 진심에서 우러난 말이긴 했어."

"흥……. 그, 그렇죠?"

"하지만 너는 그때 내 가슴을 주물렀잖아."

"안 주물렀어요! 왜 남이 들으면 오해할 소리를 하는 건데요……! 그때, 아주 살짝 손을 대기는 했을지도 모르지만, 그건 사고나 다름없었단 말이에요……!"

카에데는 주먹을 꼭 말아쥐면서 숨을 들이마시더니—.

"그러는 당신도, 제 가슴에 얼굴을 묻었잖아요!"

"네가! 억지로! 꽉 끌어안았잖아!"

내가 정당한 반론을 입에 담자 카에데는 얼굴이 더 벌게지더니…….

"그…… 그렇게, 기뻐했으면서! 연좌제예요! 연좌제!"

강렬한 카운터를 날렸다.

"윽…… 크윽……!"

심장이 꿰뚫린 나는 이를 악물면서 버티며—.

"하지만, 그건…… 어쩔 수 없잖아! 그때 네가…… 너무 멋지고…… 귀여워서……."

"으으으으……! 또, 그런 소리, 하는 거예요?!"

내가 다시 날린 카운터가 카에데의 급소에 작렬했다.

즉사 레벨의 카운터가 오가는 처절한 남매 싸움이었다.

"……하아…… 하아……."

"후우…… 후우……."

우리는 서로를 마주 본 채, 이이이익…… 하며, 수치심에 찬 표정으로 서로를 노려봤다.

어제 도서실에서 카에데의 폭주가 이상한 방향으로 향한 덕분에, 우리는 최후의 선을 넘지 않았지만—.

그래도 엄청 거북한 상황이 벌어지고 말았다.

그것도 그럴 것이, 세상에서 가장 연애 대상과 거리가 먼 이와, 진심 어린 고백을 주고받은 기억이 서로의 머릿속에 똑똑히 남아있는 것이다.

서로가 첫사랑이며 서로의 마음 또한 확인했다.

게다가 이런 마음이 든 것은 처음이다.

그렇기에 서로를 너무 좋아하는 나머지…….

절대로 양보할 수 없는 것이 있다.

"저는 당신과 절대 사귀지 않을 거예요! 끔찍한 저주가 풀린 만큼, 당신을 향한 저의…… 거짓된 연심은, 전부 사라졌으니까요!"

"나도 너 따위와는 절대 안 사귈 거야!"

자기 입으로 맹세한 것처럼 나는 첫사랑을 알고, 타깃 제1호인 카에데의 마음을 꿰뚫어서 『정말 좋아해요, 언니』라고 달콤한 목소리로 말하게 만드는 데 성공했다.

완벽하게 내가 한 말을 실천에 옮기면서 꿈을 이룬 것이다. ……하지만!

"내가 갈구하던 첫사랑은, 이런 게 아니야!"

나는 큰소리를 쳤다.

"그러니 다시 할 거야! 지나간 사랑 따위에 연연할 것 같아?!"

"흐음…… 진심인가요?"

"……그게 무슨 소리야?"

"저주가 풀린 건 저뿐이잖아요. 당신은…… 아직, 저를 좋아할 텐데요?"

정말…….

정말 의기양양한 표정이네! 되게 차갑고 경멸에 찬 눈길로 처다보잖아!

하긴, **이래야지!**

카에데는, 내 생애의 숙적은…… **이래야** 한다고!

"훗, 바보구나. 내 고백을, 다시 떠올려봐……. 나는 이렇게 말했어.『거시기가 자라난 카에데를 좋아한다』라고!"

"뭐…….'

"즉~! 지금의 너는, 전혀 좋아하지 않아~! 가족으로서 좋아하기는 하지만! 연애 대상은 아니란 말이다!"

후하하하하하하하! 하~하하하하하!

남한테 들려줄 수 없는 위험천만한 대사이기는 하지만……!

내가 생각해도 완벽한 대응이야! **마음을 읽지 못하는 한** 이 논리를 뒤집진 못해!

나는 할 말을 다 한 후 가방을 들며 자리에서 일어났다.

"어디 가는 거죠?"

"당연히 학교지. 새로운 무대에서, 새로운 사랑을 찾을 거야."

"그런 걸 묻는 게 아니에요. 제 말이 아직 안 끝났다는 의미예요."

"되게 끈질긴 애네~. 좋아, 어디 말해 봐."

얼마든지 덤벼보라는 듯이 히죽 웃었다.

그러자 카에데는 자리에서 일어나더니―.

"팔의 상처, 아직 아프죠?"

상냥한 손길로 내 가방을 빼앗아 갔다.

그리고 카에데의 손가락 끝이 내 볼을 살며시 쓰다듬었다.

"⋯⋯⋯⋯."

카에데가 무슨 속셈으로 이러는 건지 알 수 없었기에⋯⋯.

얼이 나가 있는 내 앞에서 그녀의 얼음처럼 차가운 표정이 녹아내렸다.

"구해줘서 고마워요."

"언니."

코앞에서 해동된, 그 눈부신 미소는…….

내 얼버무리는 태도를 일격에 박살 내고 말았다.

"천만의 말씀이에요~야, 여동생 양."

나는 허세를 부리며 마주 미소 지었다.

가슴 속에서 고동치고 있는 첫사랑은 예전에 상상만 하던 때보다 더 선명했고…….

부아가 치밀 만큼 아름다운 폭탄 같은 모양을 하고 있었다.

후기

『내 첫사랑은 너무 부끄러워서 아무한테도 말 못 해』 1권을 구매해주셔서 감사합니다.

이 책은 새로운 시리즈의 첫 1권입니다만 「한 권으로 완결되는 이야기란 느낌으로 쓰자」, 「히로인의 매력을 전부 묘사하자」는 생각으로 썼습니다.

어떠셨는지요. 재미있으셨다면, 독자 여러분이 웃음을 터뜨릴 부분이 한 군데라도 있었다면 정말 기쁠 겁니다. 독자 여러분께서 두 번 웃으셨다면 저의 대승리입니다.

앞으로도 재미있는 작품을 전해드릴 수 있도록 힘내겠습니다.

2023년 11월 후시미 츠카사

역자 후기

안녕하십니까. 근로청년 번역가 이승원입니다.

『내 첫사랑은 너무 부끄러워서 아무한테도 말 못 해』의 번역을 담당하게 되었습니다.

잘 부탁드립니다!

『내 첫사랑은 너무 부끄러워서 아무한테도 말 못 해』는 후시미 츠카사 선생님께서 집필하신 러브코미디이며, 작품의 내용은 제목 그대로입니다.

……네, 제목에 작품의 핵심이 전부 담겨 있습니다. 자칭 일본 제일의 남자인 주인공이 세계 제일의 미소녀로 TS된다거나, 같은 여자 한정으로 『매료』스킬이 패시브 발동하는 여동생이 몸의 일부(^^)만 TS된다거나, 이런 악랄한 짓거리를 저지른 만악의 근원이 로리 체형 큰언니라는 점 등은 크게 중요하지 않습니다. ……네. 진짜입니다. 크게! 중요하진! 않아요!

물론 사람에 따라 생각이 다를 수도 있으며 저 또한 고개를 갸우뚱하게 되는 부분이 있긴 합니다. 그래도 이 작품이 정말 재미있다는 점에는 부정한 여지가 없습니다! TS라고 하는 호불호가 갈리는 요소를 가지고, 이렇게 취향을 타지 않는 작품을 그려낼 수 있다는 점에 저 또한 놀랐습니다. 그만큼 각 캐릭터의 매력이 잘 그려진 작품이었습니다. 역자인 저조차 새로운 취향에 눈뜰 정도로 말이죠, AHAHA.

1권에서 등장한 매력적인 캐릭터들이 앞으로 어떤 활약을 보여줄지, 저도 독자 여러분과 함께 기대할까 합니다!

그럼 이만 줄이겠습니다.

오펜스노벨 편집부 여러분, 재미있는 작품을 맡겨주셔서 감사합니다. 앞으로도 잘 부탁드립니다!

4월의 눈 내리는 날에 보일러 고장 난 악우여. 보내준 전기장판으로 꼭 켜고 자. 올해 감기 되게 독하더라.ㅜㅜ

마지막으로 언제나 제게 버팀목이 되어주시는 어머니와 『내 첫사랑은 너무 부끄러워서 아무한테도 말 못 해』를 읽어주신 모든 분께 진심으로 감사드립니다.

새로운 사랑을 찾으려 할 때마다 여동생에게 태클(?)을 당하는 『내 첫사랑은 너무 부끄러워서 아무한테도 말 못 해』 2권 역자 후기 코너에서 다시 뵙겠습니다!

2025년 4월 초
역자 이승원 올림

내 첫사랑은 너무 부끄러워서 아무한테도 말 못 해 1

초판 1쇄 발행   2025년 10월 23일

지은이   후시미 츠카사
일러스트   칸자키 히로
옮긴이   이승원

책임편집   김기준
디자인   윤지영
책임마케팅   최혜령 . 박지수 . 도우리 . 양지환
마케팅   콘텐츠 IP 사업본부
해외사업   한승빈 . 박고은
경영지원   백선희. 권영환. 이기경. 최민선

펴낸이   서현동
펴낸곳   ㈜오팬하우스
출판등록   2024년 5월 16일 제2024-000141호
주소   서울특별시 강남구 테헤란로 419, 11층 (삼성동, 강남파이낸스플라자)
이메일   ofansnovel@naver.com

WATASHI NO HATSUKOI WA HAZUKASHISUGITE DARENIMO IENAI Vol.1
ⒸTsukasa Fushimi 2024
Edited by 전격 문고
First published in Japan in 2024 by KADOKAWA CORPORATION, Tokyo.
Korean translation rights arranged with KADOKAWA CORPORATION, Tokyo.

ISBN 979-11-94979-87-6 (04830)
ISBN 979-11-94979-86-9 (세트)

오팬스노벨은 ㈜오팬하우스의 출판 브랜드입니다.

플레이어 네임 유우키, 17세.
스스로 말하기 좀 그렇지만,
살인 게임 전문가입니다.

**제18회 MF문고J 라이트노벨 신인상《우수상》수상작
TV 애니메이션 제작 확정!**

사망 유희로 밥을 먹는다.

우카이 유시 지음 │ 네코메타루 일러스트

조금 특별한 이웃의 위장과 심장을 사로잡는
식욕 자극 러브 코미디!

제19회 MF문고 신인상 ≪우수상≫ 수상작

내 배덕한 밥을 조르지 않고는 못 배기는, 옆집의 톱 아이돌님

오이카와 키신 지음 | 히즈키 히구레 일러스트